우리는   약속도 없이   사랑을 하고

정
현
우

시인.

2015년 〈조선일보〉 신춘문예로 등단했다.
시집으로 『나는 천사에게 말을 배웠지』가 있다.
동주문학상을 수상했다.

...

함께 살았던 것들과 다시 만나게 되는 날
내게 어떤 말을 해줄지 궁금하다.
이별이 끝이 아니라는 것을 믿으며 살지만
서툰 다짐과 약속을 깨트렸던 시간들,
그러나 나는 당신의 마지막 고백이었으면 한다.

우리는   약속도 없이   사랑을 하고

정현우 에세이

웅진 지식하우스

차
례

1부 ────────────────────────────────

유년의 서(書)
: 다시는 돌아올 수 없는 것들에 기대어

4부

남은 꿈
: 우리는 다시 쓰일 수 없는 기적

일러두기 본문 중 「겨울잠」, 「포도나무 아래서」, 「소년의 투정」, 「투명 물감」, 「늦은 답장」, 「사랑과 슬픔의 유통 기한」, 「묘묘」, 「슬픈 맹세」의 배경은 시집 『나는 천사에게 말을 배웠지』의 시공간과 일치한다. 위의 글들은 시로부터 확장된 이야기임을 미리 밝힌다.

들어가며

떠난 사람들이 찾아와 잠긴 문을 두드리는 날에 나의
문장은 쓰였다. 우리의 슬픔과 사랑은 그렇게 시작되었
다. 슬픔은 지금을 쓰고 사랑은 과거를 쓴다.

유년의 서(書)

: 다시는 돌아올 수 없는 것들에 기대어

기억난다. 부스러지는 빛들이 먼지처럼 앉은 곳, 혼자
누우면 가득 공간이 차는 방. 움직일 때마다 삐걱하는 소
리들, 꽃을 매단 채 죽은 선인장, 열리지 않는 큰 유리창,
시침이 돌지 않는 뻐꾸기시계. 손을 뻗으면 닿는 천장에
는 작은 거울이 달려 있었는데, 반쯤 금이 간 거울을 하
루 종일 보고 있는 것을 좋아했다. 천장에 맺힌 나의 얼굴
이 때론 다른 사람의 얼굴 같았다. 희고 마른, 볼품이 없
는. 아픈 아버지를 간호하기 위해 엄마는 자주 집을 비웠
고, 나는 끼니를 자주 걸렀다. 엄마가 병원에서 돌아오지
않는 날에는 다락방에 들어가 생라면을 부숴 먹었다. 창

밖 고드름이 다락을 가릴 정도로 크게 자라면 굶주린 배를 움켜쥐며 『눈의 여왕』을 읽고 또 읽었다. 동쪽으로 나 있는 창밖에서 눈의 여왕이 얼음 마차를 끌고 나를 데리러 와줄 것만 같았다. 거대한 겨울 앞에서 혼자 슬퍼지는 것이 나쁘지는 않았다. 가난과 눈 속에 남겨진 겨울의 벼랑 끝에서 나는 자주 웅크려 있었다. 살아 있다는 것은 자주 울컥하게 되는 것, 자주 뭉클해지는 것임을 너무 어린 나이에 알았다.

사
랑
을
배
울
수
있
다
면

토요일마다 초등학교 정문 앞에 병아리를 파는 아주머니가 오셨다. 병아리를 키우고 싶은 마음이 굴뚝같았지만 쪼그려 앉아 보송한 병아리들의 궁둥이를 톡톡 만지기만 했다. 스무 마리 정도의 병아리들이 거의 다 팔리고 굉장히 약해 보이는 병아리가 남았다. 고개를 숙이고 있는 병아리에게 눈을 뗄 수가 없었다. 어디가 저렇게 아픈 거지, 우두커니 병아리를 보고 있는데 아주머니가 나더러 얘는 곧 죽을 것 같으니 가져가서 키울 거면 키우라며 떠밀듯이 내 품에 안겨주었다. 병아리를 박카스 박스 안에 넣고 데려오면서 많은 생각을 했다. 닭으로 키운다면 달걀을

유년의 서(書)

낳아 우리 집에 그나마 작은 보탬이 될 거라는 생각과 간혹 황금 달걀이라도 낳아줄지 모른다는 엉뚱한 상상. 암 환자에게 달걀이 좋다고 엄마한테 들은 것 같기도 한데, 아버지를 위해서 건강한 달걀을 낳아주기를 바라면서 집에 도착하자마자 백과사전에서 병아리에 관해 찾기 시작했다. "병아리는 따뜻하게 체온을 유지해야 합니다"라는 말에 방바닥을 데우려고 보일러의 온도를 올렸다. 그날 마침 엄마가 아버지의 항암 치료를 위해 병원에 가서 집에 아무도 없는 날이었다. 온도를 너무 높이는 바람에 찜질방이 되어버린 집에서 땀을 뻘뻘 흘리며 밤을 보냈다. 병아리에게 계란 요정이라고 이름을 붙여주고 어떻게 하면 건강하게 키울 수 있을지 그 생각만 했다. 집에만 있는 병아리가 답답하지는 않을까, 집 밖의 풍경이 궁금하지는 않을까. 나무 상자 안에 병아리를 넣고 무작정 놀이터로 향했다. 모래 위에 올려두니 모래도 잘 쪼아 먹고 개미들도 잘 쪼았다. 모래 위에 계란 요정이 찍어놓은 새 발자국을 처음 봤다. 저녁놀이 내리기까지 반짝거리는 모래알과 발자국을 보면서 놀았다. 갑자기 소나기가 내리기 시작해 나는 허둥지둥 병아리를 안고 집으로 달렸다. 비에 온몸이 흠뻑 젖었고 너무 빨리 달리는 탓에 흙 웅덩이 속에서 병아리와 함께 굴렀다. 나무로 된 병아리 집은 산산조각 났고 병아리와 나는 엉망진창이 되었다. 팔이 다 상처로 까진 채 울었다. 비를 많이 맞은 후유증 탓이었을까. 결국 병아리는 죽었다.

병아리는 내게 사랑을 가르쳐주었다. 사랑은 배우는 것이 아니라 그 존재의 웅덩이 속으로 몸을 던지는 것, 물속에서 수면 위로 떨어지는 낙엽을 올려다보는 것, 그리고 함께 휘청해보는 것이라고. 사랑하는 방법을 알았다면 고요히 그 존재를 다치지 않게 안아볼 수 있었을까. 그럼 사랑을 주는 기분이 조금 더 오래 지속되었을지도 모른다. 결국 사랑은 알게 되는 것뿐. 사랑은 예습할 수 있는 것이 아니니까…….

엄마의 일기
1

엄마의 일기를 훔쳐본 적 있다. 내 나이 세 살때부터 엄마가 과거를 짚어 내려가며 쓴 일기장이었다. "방 한 칸만 있었으면 좋겠다. 잠을 잘 수가 없다." 엄마는 모든 슬픔을 감당할 수 있는 사람이니까, 뭐든 이해할 수 있는 사람이니까, 엄마가 어떤 마음으로 지금까지 살아왔는지 알고 싶지 않았다. 엄마의 일기장을 훔쳐보기 전까지는.

엄마의 일기장을 옮긴다.

금천 재근중학교에 입학했다. 육 개월 동안 다녔는데 엄마가 공납금 삼천오백 원을 주지 않았다. 나는 쓰레기통에서 다 찢어진 교복을 주워 입었다. 학교에 가면 선생님들이 공납금을 가져오라고 머리를 때렸다. 다음 날 엄마에게 졸랐더니 주워온 교복과 책가방을 아궁이에 넣어버렸다. 나는 그걸 다시 주워 마당에 펼쳐놓았다. 소나기가 내렸지만 그대로 내버려두었다. 아침, 학교 가려고 기찻길을 지나는데 기차 소리가 너무 커서 내 울음소리가하나도 들리지 않았다.

우리 아버지는 거지 아저씨들이 오면 보리쌀을 한두 말씩 꼭 드렸다. 우리 집 방앗간은 잘되었다. 아버지가 갑자기 돌아가시기 전까지. 초상집에 거지 아저씨들이 백 명 정도 왔다. 와이셔츠가 없어 맨목에 넥타이만 매고 온 아저씨들이었다. 아버지가 돌아가셨다는 게 아직도 실감 나지 않았다. 누가 아버지를 찾으면 산에 볼일 가셨다고 말을 했다.

동생들과 산딸기를 따러 산에 올랐다. 산딸기들이 너무 많아서 끝이 없어 보였다. 집에 가져가 가족과 나눠 먹을 생각에 행복했다. 딸기들을 입속에 털어 넣는데, 남동생이 뱀에게 오른쪽 다리를 물렸다. 나는 책에서 배운 대로 뱀에 물린 동생의 다리에 입을 갖다 대고 빨아들였다가 고인 침을 다시 뱉었다. 동생을 둘러업고 보건소로 달렸다. 동생에게 별일은 없었다. 뱀에게 독이 있었는지 없었는지 모르겠다. 동생을 부축하며 돌아오는 길, 가시덩굴에 긁힌 팔다리가 쓰려왔다. 입술 위에서 아주 빨갛고 단맛이 났다.

몸이 있다는 것은 기쁜 일이야. 초의 심지가 천천히 타들어가는 일이지. 너는 불빛이 꺼지지 않게 어둠 속에서 촛불이 켜진 랜턴을 들고 있어야 해. 그리고 너 혼자 서 있어야 할 날들이 많아진다는 것도 알고 있어야 해. 눈물은 촛농과 같으니까. 우리의 몸이 전부 다 녹아 없어질 때까지 울어도 돼. 인간의 몸은 기쁨과 슬픔으로 만들어져 있고, 우리에게 기쁨을 만질 수 있는 총량은 정해져 있으니까. 우리가 다 써야 할 기쁨의 촉감을 만지기 전까지, 너는 촛불을 꺼트려서는 안 돼.

겨울잠

  나를 기다렸던 것들은 벌써 저 눈 고개를 넘어갔을까
요. 나의 죽은 검은 고양이와 당신이 눈을 밟고 서 있을 것
만 같아 늦잠을 자고 싶은 날이에요. 할머니, 인간은 슬퍼
지기 위해 만들어질까요. 슬픔을 안고 태어난 인간은 기
쁨만 가질 순 없는 건가요. 시간이 흘러 기쁨에 닿을 수 있
다고, 그럴 수 있다고, 나 혼자 그런 게 아니라고. 묻고 싶
어요. 잠이 들 때마다, 아니, 더 깊은 잠에 들면 그곳에 갈
수 있는지.

나는 목욕탕에 갈 때마다 아버지 없이 남탕에 혼자 들
어가야 했다. 직장암에 걸렸던 아버지가 항문 절제술을
받았기 때문이다. 환자 여섯이 모두 죽었고 아버지 혼자
살아남았다. 배변 주머니를 차는 것은 일상을 사는 사람
에게 굉장히 버겁고 힘든 일. 매일 취기에 오른 아버지에
게서 떨어져 나온 배변 주머니 냄새는 지독했다. 가끔 아
버지가 마른 햇볕에 내어놓는 배변 주머니를 나는 손가락
으로 집어 풍선처럼 바람을 넣고 싶었다. 금방 바람이 빠
지는 주머니가 메울 수 없는 슬픔 같았다. 할아버지가 죽
고 할아버지 얼굴에 엎드려 우는 아버지의 등을 보았다.

들썩이는 아버지의 등을 조금씩 이해하기 시작했다. 아버지가 어린 아들의 손을 잡고 목욕탕에 들어가는 장면이 떠올랐다. 비록 그러지는 못했어도 별거 아니라는 생각, 다 이해한다고 아버지에게 말해야 할 것 같은 기분이 들었다.

수야, 사람의 생은 결국 흑백 영화야.

영사기가 꺼지면 막을 내리잖아.

죽는 것도 똑같아.

흑백 장면이 계속 반복되는 게 아닐까.

영사기가 꺼지기 전

우리가 주고받았던 대사들은 어디로 흘러가는 걸까.

영화 〈시네마 천국〉에서 영사실 할아버지는

토토에게 이렇게 말했지.

"토토, 네가 영사실 일을 사랑했던 것처럼

무슨 일을 하든 네 일을 사랑하렴."

우리가 우리의 일을 사랑하지 않아서

어둠이 너의 집 문 앞에 빨리 와버린 게 아닐 텐데.

신이 우리에게 주는 벌이 아닐 텐데.

너는 온 힘을 다해 사랑한 것이 아니었니.

우리의 시간은 언제든 돌릴 수 있는

한 편의 아름다운 영화가 아니니까.

지루하고 긴 세상의 여름은 언제 멈출 수 있을까.

나도 언젠가는 알게 될까.

천국은 영화 속에만 있는 거라고.

한순간 반짝하고 마는

빛의 잔상일지라도

나는 영화를 보는 내내 서글프겠지.

우리가 울어야만 알게 되는

눈물의 몫을 깨닫게 된다면

너는 지금 울어야 하는 시간.

그래, 우리의 영사기가 꺼져도

뒤를 자꾸 돌아보게 하는 장면이

여전히 우리를 살아 있게 하는 거야.

우리가 살았는지 죽었는지 자꾸 확인해보는 거야.

정미 수족관

　토요일 수업이 끝나면 터미널 맞은편에 있는 정미수족관으로 향했다. 흔들리는 수초 사이로 구피의 지느러미를 멍하니 보면서 대서양을 건너는 인어를 상상했다. 수족관에 들어서면 아주머니와 휠체어를 타고 있는 정미가 손님들을 맞아주었다. 방 안에는 술에 곯아 있는 아저씨가 누워 있었다. 정미는 친절했다. 구경하는 물고기들의 특징과 성격을 하나도 빠트리지 않고 알려주었고 가끔 열대어 먹이를 사면 뭐 하나라도 더 챙겨주었다. 다양한 물고기들의 이름을 나누며 우리는 빠르게 가까워졌다.

　"엔젤피시? 이 물고기는 정말 날개 같다."

"그렇지? 천사의 날개 한쪽을 펼친 것 같기도 하고."

"물속에 사는 천사네?"

"천사가 물속에 산다면 그건 인어겠지."

나는 정미 옆에 쭈그리고 앉아 물고기의 이름부터 수초들의 이름까지 찬찬히 불러보았다.

"와, 정말 이름이 없는 것이 없네."

"너 있잖아, 이름을 불러준다는 게 어떤 의미인지 알아?"

"더 많이 기억하라는 거?"

"잊지 말라고 자주 불러주는 거야. 우리 아빠도 자꾸 이름을 잊어버리거든, 그래서 자꾸 불러줘야 해."

"정미야, 힘들지 않아?"

정미는 고개를 숙이며 말을 끊었다.

"나는 왜 정미고, 너는 왜 현우일까?"

"갑자기 무슨 말이야?"

"있지, 내가 바다에서 살 수 있다면 뭐라고 불릴까?"

"바다에 산다고?"

"응. 가만히 있는 산호초나 수초도 좋겠지. 아니다, 해녀가 좋을까?"

"정미야, 멋지게 인어 정도는 되어야지."

푸른색, 붉은색 조명이 드문드문 있는 수족관 아래서 나는 정미의 눈동자 색깔을 언뜻 보았다. 석류 알보다 더 붉고 금붕어의 날개보다 투명한 인어의 지느러미 색깔 같았다.

"아니야. 인어도 다리가 없잖아."

정미의 대답에 나는 아무 말도 하지 못했다.

벚꽃 잎이 두꺼워지는 봄날, 정미는 내게 편지를 남기고 떠났다.

"기뻤어. 나에게도 친구가 있다는 게."

붙잡고 있던 것들을 놓아야 한다는 것은 언제나 버거운 일이겠지. 그런 마음은 나의 손금 사이로 은빛 물고기가 빠져나가는 일과 같아, 미끄러지는 느낌이 들었다. 고독이나 외로움 같은 감정들도 비슷한 걸까.

너는 푸른 바다 깊은 곳까지 내려가 문어들에게 이름을 지어주고 있을까. 대서양을 가로지르는 아름다운 푸른빛 인어가 되었을까.

증명의 시간

그냥 보고 싶을 땐 어떻게 참아야 하지.
사람들은 어떻게 참고 사는 걸까.
아프게 남은 흉터도 나의 일부라는 걸
어떻게 받아들일 수 있을까?
릴케는 말했지.
"한 사람이 다른 사람을 사랑하는 것은
궁극적인 최후의 시험이자 증명이다."
증명이라니, 이건 수학이 아니잖아.
내 안에서 사랑이 죽어가는 시간이
얼마나 걸리는지를 맞혀보는 걸까.

사랑이라느니 기쁨이라느니

그것을 증명해낼 수 없는 거잖아.

우리는 항상 위태롭고 아름다우니까

당연히도 알 수 없는 정답이라고 생각해.

살면서 가장 뜨거운 심장을 가지는 사람을,

괴로워 잠을 이루지 못하던 새벽을,

잿빛 하늘 속에 타오르는 새들을.

내가 그 사람을 언제부터 사랑이라고 부를 수 있었는지

우리의 끝과 시작이 어느 낮에서부터

밤의 시간이었는지

그 시간으로부터 그것은 사랑이 아니었다고

너는 정확히 말할 수 있어?

세상에 증명할 수 있는 것들이 몇 개나 될까.

사랑은 그저 슬픔으로 증명되는 시간.

사랑을 슬픔으로 증명할 수 있는 건

아주 특별하지 않은 일.

그냥, 우리가 시리도록 사랑했던 그 시절

기쁨 하나.

엄마

세상에서 가장 짧게 부를 수 있는

슬픔.

포도나무 아래서

아픈 아버지가 술을 먹고 오는 날이면 나는 성당 맞은 편 포도나무 숲으로 몸을 숨겼다. 신발도 없이 들어간 숲에 울창하게 뻗은 넓은 이파리들이 나를 가려주었다. 빈 나뭇가지 사이로 보이는 종이 울리면 나는 고요해졌다. 미사가 끝나기 전에 쪼그려 앉아 떨어진 포도알들을 주워 먹었다. 밤이 오면 포도나무 넝쿨이 울음 없는 짐승들 같았다. 포도들이 보랏빛으로 주렁주렁 열리는 팔월, 모두 포도송이가 얼마나 익어가는지 관심이 없었다. 보랏빛으로 터지고 마는 무른 빛들이 나의 멍든 종아리에 물들었다. 그렇게 몇 시간이 흘렀는지도 모르게 누워 있어도 포도나무는 나를 햇빛에 가려주며 지그시 내게 손을 뻗었다. 나는 그 손을 잡아보기도 흔들어보기도 했다. 바람결에 흔들리는 흰 깃털을 보았다. 아직 집으로 돌아가지 않아도 된다고 속삭이는 소리를 들었다. 알 수 없는 식물의 시간 사이에서 자꾸만 눈을 감고 있는 아버지의 모습이 아른거렸다. 저대로 죽어버리는 것은 아닐까, 차라리 식물이 되어버렸으면 했다. 안심이 되기도 했지만 이내 슬퍼져 한쪽 눈을 감았다 떴다.

수채화

수야, 네게 다시 마지막 겨울이 주어진다면

무얼 제일 하고 싶니?

햇빛을 받아 선명해지는 창 너머

은색의 오후, 우리는 멍하니

물기를 잔뜩 머금은 저녁의 눈동자로

옅은 하늘빛 수채 물감처럼

울먹이면서

왜 한 번의 시간밖에 주어지지 않는지

인간에 대한 이야기를 나누겠지.

우리 마음과 상관없이 쏟아지는 눈발 아래

겨울 이야기가 언제 끝나야 아름다운지에 대해
너를 사랑하고 있는 시간이
눈의 결정으로 얼어버리는 것에 대해
그 흩날림 속에서
사라지는 것들이 모두 읽히지 않는 것에 대해.

다시 살아볼 수 있는 생이 우리에게 주어진다면
너는 창가에 입김을 불어
눈 두 개와 입술을 그리겠지.
그리고 살아 있다고 말하겠지.

너의 마지막 장례식엔
네가 좋아하는 목화를 한 묶음 사서
옆에 둘게.
어떤 생각을 하고 있는지
너는 사랑으로 충만한 존재라는
질문들을 받고
너는 고개를 끄덕이고
우리는 너를 기다려주겠지.

보이니, 온전히 너의 어둠에서 침묵하는 마음들이,

시드는 너를 그저 바라만 보는 눈동자들이.

너의 바깥 세계는 숨을 죽인 채

아주 낮고 슬픈 숲의 레퀴엠이 흐르고.

그러나 우리는 두 눈에서

펑펑 울음을 쏟겠지.

우리의 겨울 빛은

잠에서 영영 깨어날 수 없을지도 몰라.

우리는 빛으로 태어나고

빛으로 쏠려 가는 마음,

눈물은 왜 투명한 걸까.

울고 나면 왜 두 눈이 따뜻한 걸까.

네게 부탁이 있어.

아무 색깔 없이

아무것도 없이

투명하고 짙푸르게 끝나버릴

색칠되지 않는 그 날이 올지라도

네게 붙어서

널 위해 울어줄 사람들이 보이니,

그러니 너는 부디 울지 마.

꿈꾸는 것은 항상 망가진 장난감 같아서

괜찮다 괜찮다 하면서도
집으로 가려는 사람에게 집은 없고
연인에게 돌아가려는 사람에게 사랑하는 이는 없고
부모를 잃은 고아에게 엄마가 없고
우리의 사라진 청춘에는 첫눈이 없고
햇살이 들지 않는 방
사랑으로 괴로워하는 이에게
기어이 사랑은 온다.

괜찮다.

끝난 사랑 앞에서도
머뭇대는 사랑에게
사랑을 잊었다고 말하는 그에게
꿈꾸는 것은 항상 망가진 장난감 같은
날들에게
죽을 것처럼 목을 맨 날들에게
사랑을 하면서 사랑을 알지 못하는 너에게.
네가 무엇이 되지 않아도
너의 심장을 모두 헐어버린다고 할지라도
우리 몸속의 작은 행성을 이루는
빛의 조각이여,
견딜 수 없는 찬란한 새벽을 향해
고개를 드는 꽃이여, 사람이여.
이 또한 우리에게 허락된 시간임을

안다, 우리를 긴 잠에 빠지게 하는 죽음만이
우리를 투명하게 만드는 슬픔만이
기어이 사랑으로 서 있다.

사랑의 뒷면

정미와 다른 친구와 함께 셋이서 참외 서리를 했다. 나는 뒤에서 정미의 삐거덕거리는 휠체어를 밀었고 다른 친구는 먼저 달려나갔다. 갑자기 내리는 비를 피해 참외가 있는 비닐하우스에 들어갔다. 참외들이 노랗게 부풀고 있었다. 저녁나절, 배가 고파진 친구는 참외를 따 먹자고 했다. 정미와 나는 눈이 휘둥그레졌다. 친구의 어깨에 손을 올리며 말했다.

"이건 남이 키운 거잖아. 도둑질이잖아."

"여기 주인이 땅 팔아버리고 서울로 갔다던데. 여기저기 다 찢어져 있잖아. 주인 없는 밭이라고."

나는 잠시 망설이다가 참외를 손에 들었다. 우리는 씻지도 않은 참외를 한 입씩 깨물면서 사랑과 증오에 대해 이야기를 나눴다. 친구는 새엄마에게 맞을 때마다 더 크게 울어버리면 덜 맞을 수 있다고 했고, 정미는 학교에 다니고 싶지 않다고 말하면 아빠가 좋아한다고 했다. 나는 누나와 엄마, 아버지랑 같이 외식을 나가 돈가스를 썰어보는 것이 소원이라고 했다.

나는 평화로운 사랑이 궁금해졌다. 따끈한 크림 스프와 토스트가 있는 그런 화목한 저녁 풍경은 동화 속에서나 나오는 것이지. 나의 산타가 가난한 엄마나 아버지였다는 것을 알게 된 순간을 생각하면서 나는 바닥에 떨어진 참외들을 이리저리 마구 던졌다. 작은 씨앗들이 바닥에 왈칵하고 여름의 투명한 내장처럼 쏟아졌다. 참외는 힘없이 샛노랗게 터져버렸다. 나의 아버지가 가진 슬픈 구멍처럼 보여서 나는 잠깐 무너져버린 한 사람의 마음을 생각했다. 정미가 망가진 휠체어에 앉아 말없이 참외를 주울 때마다 삐거덕삐거덕 고철 부딪히는 소리가 났다. 참외를 입에 가져가는 장면을 보니 다락에 혼자 남겨져 무릎을 꿇고 있는 내 모습이 아른거렸다.

"내가 가장 자신 있는 자세가 뭔지 알아? 무릎 꿇은 자세야. 너보다 유연할걸?"

정미에게 어떤 위로나 공감의 말을 하고 싶지 않았다. 정미가 가지고 있는 서글픔을 배우고 싶지 않았고 나보다 더 어려운 마음을 안고 사는 정미를 동정의 눈으로 바라보고 싶지 않았다. 나는 흰색 운동화 뒤축으로 참외를 세게 밟았다. 옅은 빛의 알갱이들이 사방으로 튀었다.

"사랑에 모양이 있다면 참외 같은 모양일까?"

"이왕 그럴 거면, 문도 달아놓자."

창문이 없는 비닐하우스에는 여름빛이 꽉 차 있었고 빗줄기는 멈추지 않았다. 비닐지붕 위로 고여 드는 물웅덩이에 구멍을 내고 싶었다. 어둑해진 하늘, 땅거미들은 새처럼 한 손에 잡힐 것 같았다.

나는 입가에 끈적거리는 물기를 닦았다. 수많은 사랑의 모양에 대해서 떠올렸다. 우리를 자꾸만 아프게 하는 것이 정말 사랑인지 아닌지 텅 빈 참외 속이 궁금했다. 사랑 속에 무엇이 들어가 있는지 파내보고 싶었다.

소년의 투정

수야, 누나와 아버지의 문병을 다녀왔어.

병원 복도에서 늙은 남자와

노모가 손을 붙잡고 있었지.

"우리도 곧 저렇게 될 날이 올 거야"라는 누나의 말에

나는 어떤 표정과 말을 해야 할지 망설였어.

나이가 든 사람의 굽은 등을 보면 고개를 낮추게 돼.

상실이 계속되는 날들을 어떻게 견디며 왔을까.

내가 아무리 나이를 더 많이 먹어도

바꿀 수 없는 현실은

여전히 아픈 것들은 눈이 부시다는 거야.

여러 세대가 같은 시대에 살아가는 날이 얼마나 될까.

삼십 년 뒤를 생각하니 벌써 마음이 쓸쓸해.

아버지와 엄마는 이미 돌아가셨을까,

나는 결혼을 했을까,

혼자 아픈 날에는 어떻게 하지,

내게 엄마와 아버지가 없는 날이 온다니.

거스를 수 없는 시간과

떠나보내는 순간을 어떻게 기억하고 견뎌야 하지.

정말로 그런 날이 와버릴까 봐,

보고 싶은 마음을 말하면 왜 투정이 되는 걸까.

비로소 어른이 되는 것이라 하자.

엉엉 울고 싶은 마음은 언제나 날것이니까.

나이가 들수록 인정해야 하는 것들이 너무 많아서

우리는 각자의 소년에서 머무르고 싶을 거야.

눈이 먼 새들이 여름을 꿈꿀 때

영원히 이어지는 빛의 터널 속에서

철없는 소년의 목소리.

엄마의 마지막 나이

새벽에도 무언가를 끌고 온다. 또 버려진 가구다. 치약은 완전히 말라비틀어질 때까지 쓰고, 쌀뜨물은 식물들의 몫이다. 하루하루 찢어지는 일력은 메모장으로 쓴다. 엄마에게 그냥 버려지는 것은 없다.

쓰레기통을 비우러 나가다가 구겨진 일력 뒤에 엄마가 휘갈겨 쓴 메모들이 보였다.

"뇌동맥류가 의심된다고 했다. 제발 내게 이런 시련을 주지 마. 오, 하느님."

받기만 했던 당신의 시간, 손길, 눈빛 그리고 모든 것이 사라져야 한다는 것이 미안했다. 나의 시간을 엄마에게 내주지 못한 것도. 일력 뒷면의 메모가 사라진 아침, 모든 것은 멈추어 있겠지.

그런대로 나는 살아가고 있을까.
더는 더해지지 않는 엄마의 시간을
상상해보면서 일력의 숫자들을 넘겨보면서
울면 나의 엄마를 잃어버릴까
입술을 꽉 깨물었다.

　내가 숨 쉬는 동안 엄마라는 단어는 이 세상에서 사라지면 안 되는 것이다. 내 곁을 항상 지켜야 하고 내 옆에 있어야 그게 정말 엄마다운 거니까. 엄마다운 거라는 게 뭘까. 엄마가 없는 시간이 내게도 온다고 생각하니, 당연했던 마음들이 모두 무너졌다. 엄마가 할머니를 보내는 것도, 누구보다 열심히 설거지를 하는 것도, 나를 기르는 시간 동안 끝없이 나를 향해 눈빛을 보냈던 것도. 혼자 엎드려 있는 먼 폐허, 빈집을 열고 들어가면 한 사람을 위해 기도하는 조금 더 늙고 가여운 엄마의 얼굴도. 엄마도 엄

마로 태어난 것이 처음일 텐데. 엄마도 이제 누구의 딸이
아닐 텐데. 모두 당연하지 않은 것이었다.

부엌에서 저녁을 하는 엄마의 뒷모습과
그것을 지켜보는 소년이 보였다가 사라졌다.
폐가에 남은 소년은 엄마가 없는
혼자의 시간이 무서웠겠지.
그러나 한 번도 울지 않은 사람처럼
나는 엄마의 마지막 나이에 대해 생각했다.

순리

    초록이 없으면 나무는 어떤 색을 가질까, 할머니는 왜 엄마보다 빨리 죽을까, 사람은 왜 이백 살을 살지 못할까, 엄마는 왜 나보다 빨리 죽을까, 천사의 혈관은 어떤 색으로 빛이 날까, 영혼의 시간은 슬플까, 인간의 손은 왜 두 개일까, 신은 왜 아무 대답을 하지 않을까, 살아 있다는 것은 심해 속에서 숨 쉬는 소라의 마음일 테지, 눈물이 만들어지는 것은 인간의 마음속에 조개가 산다는 증거일까, 죽는다는 것은 꿈속에 심을 꽃을 사는 일일까, 사람은 심어도 다시 필 수 없을까, 슬픔과 기쁨은 왜 세어지지 않을까, 푸른 저녁놀이 내린 밤 바닷가에서 인어들은 춤을 추고 있을까, 아침은 왜 오고 밤은 왜 올까, 새들은 왜 울던 가지로 다시 올까, 대지는 왜 텅 빈 하늘을 만들어놓을까.

사랑하는 일은 모두 사랑할 수 없다

수, 오늘은 나의 작은 강아지가 죽었던 날이야.

강아지를 묻고 돌아오는 길,

엄마와 나는 짐승처럼 슬픔 없는 눈인사를 나누고

터벅터벅 산길을 내려갔어.

갸르릉 소리가 나는 것 같아서 다시 뒤를 돌아보는데

네 작은 몸을 누군가 가져갈 것 같아서

숲의 검은 동공이 나를 휩쓸 것 같아서

주저앉고 싶었어.

내게 얼굴을 보이지 않으려고 먼 산길을 내려가는

엄마의 뒷모습에

나는 울음을 멈출 수밖에 없었어.

함께할 수 있는 날들이 언제까지인지

미리 알 수 있다면

이렇게 슬프지는 않을 텐데.

눈을 감아야 보이는 것들이 있어.

가령 네가 있는 곳의 날씨나 너의 옷차림은 어때?

거기 겨울 하늘은 어떤 색으로 빛이 나?

너는 어떤 모습으로 서 있어?

나의 강아지는 어디까지 갔니?

네가 있는 곳까지 무사히 도착했어?

밤새 헤매고 있지는 않니?

한 번만 말을 걸 수 있다면

그곳에서 날 기다려줄 수 있냐고

묻고 싶은데

차마 묻지 못한 공을 한 손에 쥐고

네가 묻힌 곳으로 힘껏 던져보게 돼

너는 다시 물어오지 않을 텐데

너는 다시 돌아오지 않을 텐데

사랑하는 일을 모두 사랑할 수 없다는 걸

알게 되는 밤이야.

사랑은 감각으로 할 수 있는 것이 아니지.

멈춘 시간 안에서 사랑은 다시 일어나는 것임을 알면서

나는 마지막 너의 눈빛을 보지 말았어야 했는데.

기다려, 네가 가장 많이 잘 들었던 말이지?

한 가지만 부탁해볼까.

이제는 나를 기다리지 않아도 돼.

다시는 오지 않을 거니까.

내가 불러도 쳐다보지 말고 가.

다음 생에는 나의 강아지로 오지 마.

나의 작은 친구,

내가 그곳에 갈 때까지

잘 있어, 갈색 천사.

작은 나의 강아지.

그대는 꽃으로 지는 시간이 아니니

푸른 사과들이 불을 켜는 겨울의 과수원에서, 내가 없는 곳에 당신은 서성이고 있습니까. 새들이 안개 속에 잠든 영혼들을 물어 오는 동안 당신의 입술이 사랑이라 말을 했던 것 같은데. 가끔, 당신은 나를 미친 듯 흔들어놓았으면 좋겠어요. 열매들을 다 떨어트리고 나의 심장도 떨어져 당신에게 데굴데굴 굴러가 사랑이라고 말했으면. 당신은 나의 눈꺼풀을 만지는 빛의 손가락, 당신은 나를 눈감길 수밖에요. 간절히 눈을 뜨면 나는 당신의 눈 속에 있으니 눈을 감을 수밖에요. 그대는 꽃으로 지는 시간이 아니니, 나는 우는 수밖에요. 그럴 수밖에요.

나는 지금도 아버지와 이야기를 할 때 아버지의 눈을 보지 않는다. 먼 풍경을 바라보거나 바닥을 보고 이야기하거나. 얼마 전에 가족사진을 찍으러 갔다. 사진사는 우리더러 서로 바라보라고 이야기했고 아버지는 내 쪽으로 고개를 두었다. 왜 아버지를 안 보냐는 사진사의 핀잔에 억지로 고개를 돌렸다. 아버지 눈썹이 우는 사람의 모습으로 일그러졌다.

내가 아버지의 눈을 보지 않는 이유는 아버지를 완벽히 이해하지 못했기 때문일 것이고, 공포와 슬픔이 함께 밀려왔기 때문일 것이다. 아버지의 가장 무서웠던 두 눈이,

세상에서 가장 불쌍했던 두 눈이 그리고 완전히 술에 취해 잠든 아버지를 노려보는 나의 두 눈이 떠올랐다. 집으로 가면서도 나는 끝내 아버지의 눈을 쳐다보지 않았다.

폭설이 내리는 날이야.

말을 할 수 없는 것들에게 입술을 빌려준다면

너는 지금 내게 무슨 말을 할까?

그런 마음을 듣기 위해서

우리는 두 손을 모아 기도할 수밖에.

자꾸 물어보게 돼.

왜 말하지 않았는지 묻는다면

흩날리는 마음일 수밖에 없겠지.

그러니까, 너에게나 나에게도

살아 있거나 혹은 죽어 있는 것의

이유를 묻지 않는 것이
인간에 대한 예의일 수도 있겠다.

누군가와 마지막까지 함께할 수 있는 것은
아름다운 일이지, 죽음은 함께할 수 없으니까.
우리는 죽기 직전까지 사랑하고
미워하고 증오하게 돼.
사람의 마음은 그런 것이니까.

나보다 백 년을 오래 산 나무에게 입술을 그려준다면,
내게 무어라 말할까,
돌아오는 계절마다
거기서 잘 있다고 대신 말해줄까.

있잖아, 수야 어제는 장례식장에 갔다 왔어.
사람들이 모두 울었다가 또 웃었다가
빨간 육개장을 퍼먹는 것을 보면서
예의가 무엇인지를 생각했어.

우리 태어나자마자 우는 것을 배웠으면서

사랑을 잃고 우는 것이 내겐 어렵고 낯설어.

최선을 다해 울면 그건 너에 대한 예의일까.

내가 온 마음을 다해 사랑한 것들을

신에게 하나씩 줘버려야 하는

그 슬픔보다 더한 슬픔이 없다고 생각했는데

앞으로 잃을 것들이 많은 나는

그렇게 울어야 하는 밤을 생각하면

잠이 오질 않아.

오늘은 내게 모두 틀렸다고 말하는 것 같아.

나는 죽어본 적이 없으니

할 수 있는 것이라고는 나는 살아 있다 살아 있다

여러 번 반복하는 일.

너는 죽었는데 나는 살아 있다는

안도와 적당한 슬픔이

어떻게 너에 대한 예의일 수가 있겠어.

그럼에도 사랑하라는

예의 따위는 이해하기 어려워.

아무리 걸어도 그곳으로 건너갈 수 없는

오늘은.

콩잎이 우거지는 밤

밤 열두 시가 되면 엄마와 나는 우리 집 맞은편 고급 주택 단지에 있는 분리수거함을 뒤지곤 했다. 분리수거함 주변에 우거진 콩밭 사이로 엄마와 나의 실루엣을 감출 수 있었다. 엄마는 어느 것 하나 지나치는 것이 없는 사람이기에 콩잎들도 그냥 넘기지 않았다. 콩잎으로 장을 해 먹겠다며, 짜증이 잔뜩 난 내게 콩잎들을 따게 시켰다. 난 가끔 콩잎에 딸려오는 송충이에 화들짝 놀라면서 유에프오라도 나타나서 내게 초능력을 주면 좋겠다고 생각했다. 이런 상황에서 벗어나게 해달라고, 지독한 짠순이 엄마를 고급 주택에 사는 아줌마들처럼 고쳐달라고 소원을 빌었다.

엄마를 따라 나가기 싫었던 가을날, 나는 문을 걸어 잠그고 잠을 자는 척했다. "저런 쓰레기는 왜 주워 오는 거야." 엄마에게 들리지 않게 중얼거렸다. 혼자 분리수거함을 뒤지고 있을 엄마를 생각하니 잠이 오지 않았다. 두 시간쯤 지났을까. 엄마가 오자마자 눈을 비비며 일어나는 척을 했다. "오늘은 소득이 없네." 엄마가 한 손에 쥔 검은 봉지에는 물기에 젖은 콩잎들이 가득했다. 엄마의 발소리를 듣고 자란 콩잎들이었다. 방문을 슬며시 열고 콩잎을 씻는 엄마의 뒷모습을 훔쳐보았다. 식은 밥에 콩잎 장아찌를 손으로 찢어서 먹는 엄마의 굽은 허리를 보았다. 한 움큼씩 푸른 콩잎처럼 부풀던 엄마의 열여덟 살이 떠올랐다. 엄마도 한때는 흰 하늘을 날아다니는 나비이고 싶었을 텐데. 솜사탕처럼 떠 있는 구름들을 떼어 먹기도 하면서. 콩잎들 사이에 핀 유채꽃들처럼 하늘거리고 싶었을 텐데. 엄마가 혼자 분리수거함을 뒤지던 날, 나는 처음으로 당신과의 결별을 다짐하였지만, 나는 당신으로부터 분리될 수 없는 생(生). 내가 없는 그날의 콩잎들은 나의 모진 마음을 알았을까. 그래서 더 깊게 우거졌을까.

투명 물감

욕실 안, 할머니의 머릿결에 검은 물을 들이는 엄마. "엄마, 엄마, 말 좀 해봐. 내 말이 들려? 있잖아, 오늘이 마지막 목욕이 될 것 같은 느낌이 들어." 나는 엄마의 눈물을 처음 보았다. 엄마를 엄마라고 불러도 되는지, 엄마가 그렇게 슬퍼도 되는지, 엄마가 울고 있다는 사실을 믿고 싶지 않았다. 사람에게서 가장 어두운 빛이 나올 때, 꺼져가는 눈빛을 지그시 내려다볼 때 가장 투명해져, 그냥 사람이 죽는 걸까 봐, 사라지는 걸까 봐, 나는 할머니의 긴 잠속에 들어가고 싶다. 그곳에서 헤엄치고 싶다. 푸른 울음을 흘리며 가는 물고기처럼 다시 심해로 헤엄쳐 들어가고 싶다. 울음소리가 없는 물고기들과 함께, 흐느껴 우는 울음이 더 슬픔을 불러오듯.

　엄마가 엄마를 보내는 날이 지나고 그런 날이 올 테지. 나는 엄마보다 더 오래 살아서 엄마가 죽는 것을 봐야 하고, 나는 색깔 없는 날들로 오랫동안 남아서 서 있을 테고, 거슬러 올라갈 수 없는 검은 시간을 뒤집어쓰겠지. 우리는 한 번씩 엄마를 가져봤으니까, 그리고 다시 엄마를 잃어버리는 운명을 가졌으니까. 언젠가 다시 만날 수 있다고, 끝은 없다고 엄마의 손을 붙들어보는 것, 그런 거겠지.

"눈 온다, 겨울이 오기 전에 가야지,
아프다고 해서 미안해."
할머니의 유서에는 이렇게 적혀 있었다.

나는 소파에 잠든 엄마를 본다. 밖은 끝없는 폭설과 밤
이 오고 있다. 나는 냉장고에서 할머니의 마지막 김치를
꺼내 놓는다. 창밖에 내리는 눈을 본다. 한 품에 안기는 둥
근 유골함이 보이고, 곡소리를 내며 우는 사람들, 그날 이
후 더는 울지 않던 엄마, 별빛이 잘게 갈린 눈보라의 밤.

"엄마, 일어나봐."

"무슨 일이야?"

"할머니 김치 먹어보자."

"그럴까?"

"이제는 정말 맛이 없다."

"오래되면 다 그래."

늙으면 눈의 감각도 귀의 감각도 손의 감각도 다 무뎌
지는 것일까. 그러나 할머니가 또박또박 써 내려간 글씨
를 보면서 나는 마음이 저렸다. 저것을 쓰는 동안에는 할
머니의 기억이 온전했을 테니까.

나는 할머니의 마지막 김치 뚜껑을 닫으며
말했다.

"할머니, 거기선 아프지 마."

오늘 우리 집 보양식 메뉴는 문어 매운탕.

나는 책을 읽다가 바다에서 가장 모성애가 뛰어난

엄마가 문어라는 문장에 동그라미를 친다.

엄마는 문어를 죽이면서 무슨 생각을 했을까.

그러니까

문어가 품은 알들을 보면서

엄마는 엄마 문어를 죽여도 된다고 생각한 걸까.

엄마는 그래도 된다고 생각한 걸까.

누나와 나는 킥킥거리며 문어 대가리를 보고 웃다가
문득 기억나는 나의 엄마는
문어 다리를 하나씩 끊어
우리의 콩밥 위에 올려주던 가을, 겨울
그리고
이제는 문어를 잡을 힘이 없다고 말하는
엄마.

나를 둘러싼 관계들을 끊어야 하는 날 그리고
엄마와의 관계가 끊어질 때가 온다는 사실.
그래, 사랑의 모든 관계에는 시간 안에 끝내야 하는
끝나고 마는 유통 기한이 있다는 것을 알았다.

　문어를 먹던 날, 우습고 부드럽게 씹히던 그날은 너무
나 사소하고 보잘것없는 날들 중에 하나였다. 우리를 위
해서만 머물고 가는 장면들이 있다는 것을 지금에서야 알
았다는 것이 퍽 슬펐다.

누나와 나는 종이 위에 오목을 둔다.

오늘은 할머니의 생일인 것 같다.

외할머니가 소금 통을 엎는다.

소금 알갱이들이 거실에 굴러다닌다.

나는 빛나는 그것을 줍고 있다.

그 장면 속 나의 소년은 알지 못하네.

젊은 아버지와 엄마가 있는

시간이

다시 돌아오지 않는다는 것을.

누나와 할머니가 있는 저 녹색 지붕의 집

검은 고양이가 지나치는 모퉁이
쏟아지지 않는 빛 울음.
연못 속에 반사되는
구름의 입김, 뒤집힌 얼음빛 하늘.

창밖,
아오리가 푸른 어둠을 부풀리고
늦여름을 부르는 숲의 냄새.

슬픈 일요일 아침은
다시 돌릴 수 없는 시간.

책을 더는 넘기지 못하고
나는 끝끝내 돌아갈 수 없는
페이지에 서 있다.

한없이 고요한 시월,
우리의 가난한 얼굴.

2부

사랑의 젠가

: 나의 사랑은 나보다 오래 살았으면 한다

사랑이라고 불리는 것들

    다락방에서 듣는 밤의 캐럴, 가끔 들여다보는 화분, 빛이 나간 가로등, 눈 속에 파묻힌 여름, 멈추지 않는 눈발, 특별하지 않은 것, 말라버린 커피콩, 기억 그대로 나를 마중 나오는 것, 꽃잎 아래 돋은 가시, 벽난로 앞 내미는 손, 혼자 흔들리고 있는 흔들의자, 눈을 감고 이해한다고 말하는 것, 사랑이라고 믿는 입김, 맺히지 않는 입술, 멀리서 손짓하며 내게 걸어오는 그림자, 울고 싶은 낮, 무엇이든 이뤄줄 것 같은 기적, 햇빛을 가리는 손차양, 등 뒤로 눈부신 겨울 오후.

엇갈린 고백

　그대가 어떤 의미였는지 알기까지 너무 오래 걸렸다. 그대가 없는 페이지 안에서 달라진 나를 배워간다. 사랑이 끝난 시간 속에서 받는 이 없는 편지를 쓴다. 앞 페이지와 뒤 페이지에 그대와 내가 있다. 우리의 사이에 낱장으로 지탱할 수 없는 꿈을 나는 아직 그대를 사랑하고 있는 상태, 라고 부른다. 지난 사랑은 그때의 나로 돌아갈 수 없는 세계, 라고 쓴다.

그냥

빛은 빛에게 약속한 적이 없지, 빛은 빛이듯이
우리는 약속도 없이 사랑을 하고,
나를 사랑이라 부르지 않는 그대를 사랑할 수 있겠다.

사랑이 사랑이듯
내가 나이듯
네가 너이듯
그냥.

내가 사랑하는 모든 것은 나보다 오래 살았으면 한다

    수야, 나는 가끔 내게 주어지는 것들을 알고 싶지 않았으면 하는 마음이 생겨.

    나는 언제든 무너지고 싶어. 나를 넘어트리는 것들을, 터질 듯한 마음들을, 기울어진 가난을 내버려두고 싶거든. 나는 나를 엎드려 울게 하는 것들을 마주하고 싶지 않아. 울어도 울어도 괜찮아지지 않는 것들을 내가 무엇이라고 견딜 수 있겠어. 다시 태어난다면 나는 사람이 되고 싶지는 않아. 나의 고양이를, 가지고 싶어 몰래 훔쳐 타던 세발자전거를, 동주의 시집을, 글썽거리던 너의 눈동자를, 알고 싶지 않은 마음을, 모든 슬픔을 외면하고 싶어. 그런 기억들 사이에서 멍하니 나는 서서 결국 죽어 있는 것들 사이에서 서성거리고 맴돌다 갈 뿐. 나는 외로워지고 싶지 않아. 혼자가 된다는 사실을 잊고 또 잊어. 다시 선택하고 싶지 않은 것들 사이에서 나는 무얼 해야 하는지.

내가 사랑하는 모든 것은 나보다 오래 살았으면 해. 추억을 오래 견디는 사람이 패자가 되는 법칙이 있지. 바보 같다고 해도 나는 그 아픔들을 견뎌보고 싶어. 그건 울음으로 설명할 수 있는 마음일 거야. 잊지 말아야지, 모두 다.

천국이 있다는 거짓말을 믿기로 해

네가 나에게로 다시 돌아올 수 없다는 걸 알았을 때

너는 옥상 난간에서 천사에게 물었겠지.

고단한 삶을 왜 내게 주었느냐고.

잠 못 이루는 날들이 많아지고

날 홀로 내버려두고 사라지는 어둠들.

울고 싶다고 죽고 싶다고 나한테 말하지 그랬어.

네게 하고 싶은 말이 있어.

마음을 다해 슬퍼하면 된다고.

눈물이 나면 눈물이 난다고,

열심히 살지 않아도 된다고,

그렇게 말해도 된다고.

말해버려도 괜찮다고.

흰 눈이 나리는 날에 너는 올 수 있는 거니.

자꾸만 기억하고 싶지 않은 것들로 나를 기록하는지.

우리가 머문 자리가 우연이었는지.

돌아갈 수 없는 시간에 기대면

천천히 알게 되는 것들이 있기는 한 건지.

수, 너는 나를 보며 말했지.

"내가 이 세상에서 완전히 사라진다는 사실보다

그런 나를 보고 슬퍼할 엄마 얼굴을 떠올릴 때

더 슬퍼져.

그렇지만, 여기에 남기고 가는 것은

슬픔뿐이라는 것을 오래도록 생각해봤어."

수, 한 번 더 삶이 주어진다면

그때는 엄마의 얼굴을 한 번 더 기억해.

나는 사람들에게 뭘까,

존재의 이유를 묻지 않았으면 해.

왜 그랬니, 아무것도 묻지 말고

사랑해주었으면 해.

다시 만날 수 있다면 말없이 다정히 나를

안아주었으면 해.

나는 두 눈을 감고

흰 눈이 나리는 그날,

우리 다시 창백한 눈을 갖게 되는 날이 온다면

만질 수 있으니까, 안을 수 있으니까,

끝이 아니니까.

천국이 있다는 거짓말을 믿기로 해.

먼저 가 잠시 눈을 붙이는 것으로 해.

사 랑 의 기 분

사랑하는 기분이 무엇이냐고 묻는 말에 대답할 수 있는 건, 사랑에는 질서가 없다. 어떤 사랑에 대해서든 아무것이나 떠올려도 기억을 모자이크처럼 아무렇게나 오려 붙일 수 있다. 사랑으로 완성되지 못하거나, 완벽한 슬픔이 되거나, 고장 난 마음들이 한 사람을 더 사랑할 수 있게 하는 기분이 든다.

사
랑
의
젠
가

엄마가 아궁이에 불을 지피라고 했다. 어떻게 하는지 몰랐지만 엄마가 하라는 대로 성냥에 불을 붙이고 소나무 가지를 넣은 다음 입으로 불었다. 눈물 콧물이 나왔다. 부채가 생각났다. 아무리 찾아봐도 없어서 냄비 뚜껑으로 바람을 부쳤다. 그러다 손목에 힘이 빠져버려서 냄비 뚜껑이 저쪽으로 날아갔다. 모여 있던 그릇들이 와장창 다 깨졌다. 안방에서 엄마는 애물단지가 또 무슨 일을 저지른 거냐고 소리 질렀다. 엄마에게 잘해주려고 하는 건데 왜 자꾸 내가 애물단지가 되는지 모르겠다.

꿩

땔감 나무가 부족해서 친구들끼리 모여 산으로 올라갔다. 죽은 소나무 가지와 도토리 가지를 모았다. 머리에 이고 집으로 돌아오는 길에 강을 건너야 했다. 어떤 친구는 하루 종일 모은 나무들을 강물에 빠트렸다. 몇몇은 빈손으로 집에 돌아갔다.

꿩

소나기가 내리면 개울가에서 고무신을 물에 띄우고 놀았다. 한 짝에는 쌀이나 보리쌀을 넣고 띄운 다음 마구 달렸다. 우리는 모두 신발을 따라 뛴다. 어떤 친구는 고무신을 잃어버리기도 한다. 가끔 잘하는 친구가 건져 오기도 한다. 재미가 별거 있나.

꿩

작은 키로 태어난 나는 왼손잡이였다. 국민학교 일 학년 때 일 학년 칠 반의 화분을 가져오라고 선생님이 심부름을 시켰다. 화분을 들고 오다가 그만 돌부리에 넘어졌다. 나는 곧바로 집으로 뛰어갔다. 화분은 보이지 않았다.

엄마가 숨겨두었던 꿀단지를 들고 하수구에다가 꿀을 다 버렸다. 거기에 꽃을 옮겨 심어 선생님에게 가져다주었다. 선생님은 놀란 표정으로 나를 보다가 머리를 쓰다듬어주셨다. 집으로 돌아오니 엄마는 내게만 꿀단지가 사라졌다고 소리를 질렀다. 나는 아무 말도 못 하고 숙제하는 척을 했다.

오늘은 어린이날, 부모님들이 학교로 몰려들었다. 엄마가 우리 교실에 오셨다. 엄마는 화분만 계속 쳐다보았다. 나는 엄마의 얼굴을 피해 빈 공책에 지우개를 대고 빡빡 지웠다. 집에 가면 엄마가 나를 죽이겠구나 생각이 들었다. 늦은 밤이 되고서야 집으로 들어갔다. 저녁을 먹는데 엄마가 내 숟가락 위에 시금치를 올려주었다. 허겁지겁 저녁 식사를 마치고 이불 속에 들어갔는데 눈물이 핑 돌았다. 이야기를 할까 고민하다 그대로 잠이 들었다. 죽은 나의 엄마는 이 사실을 알까. 얼마 전에 산소에서 엄마, 사실 꿀단지 범인은, 하고 소곤거렸다. 엄마가 다 아는데 모른 척했을 수도 있겠다는 생각이 가끔 든다.

친구들이랑 들과 산으로 돌아다니면서 노래를 불렀다. 누가 노래를 잘하는지 목청껏 부르면 지나가는 할배들이 아주 잘한다고 칭찬해주었다. 나는 개 다리 춤을 제일 잘 추었기 때문에 순애에게 어떻게 다리를 떠는지 자세히 알려주었다. 쑥과 냉이를 캐어 집으로 가야 하는데, 놀다가 보니 바구니에 아무것도 없었다. 쑥 냄새는 왠지 사람을 건강하게 만드는 것 같은 기분이 든다. 아픈 엄마를 위해 혼자 남아 쑥을 뜯었다. 같이 뜯겨 오는 애기똥풀 때문에 손톱이 노란색으로 물들었다.

사랑은 마른 건초 침대에 누워

　너의 꿈으로 들어가 마른 건초 침대에 나란히 누워보는 거지. 네가 늦잠에서 일어날 때까지 기다리는 거야. 가끔 소나기가 내려도 좋아. 우산 없이 문밖을 나가 자두 씨앗을 심어도 좋을 거야. 씨앗이 내 키만큼 자라면 자두를 모두 따다 네게 줄게. 그리고 자두나무 잎이 모두 떨어질 때까지 세어보면서 너를 기다리는 거야. 그리고 늦잠에서 일어난 네 손을 꽉 잡고 문밖으로 나오는 거야. 만약 네가 내게서 떠난다면 문 앞에서, 이제부터는 정말, 너를 사랑하는 시간이라고 혼잣말을 해보는 거야.

포옹

정말 죽고 싶은 그 사람의 밤을 생각하면, 이 생의 기억이 지워지기 전까지 살아만 있어달라고, 그 사람의 푸른 밤과 슬픔을 안아주라고, 더 꽉 끌어안아 주라고. 모두가 너를 사랑할 수 없으니, 너는 너를 사랑할 의무가 있지. 내가 나를 사랑하는 것은 포옹할 수 없는 나무들의 사랑. 겹겹이 포옹하고 있는 꽃잎들이 밀어 올리는 사랑의 밀어(蜜語). 네가 살아 있는 것은 꽃 피우는 일. 두 개의 심장을 겹치는 일. 두 사람이 한 사람이 되는 일.

그 겨울의 길

함께 눈길을 걷는 그녀의 눈빛은 외로워 보였다. 머릿
결이 겨울바람에 얼어서 그는 그녀의 목덜미에 흰 목도리
를 둘러주었다. 사랑은 올 풀린 햇살처럼 모르게 머물러
주는 것이라 생각했다. 한참 눈길을 걷다가 그녀는 말이
없어졌다. 그녀의 집 앞에서,

"이제는 그만 만나도 될 것 같아."

"그래."

손을 놓았을 때, 그는 서늘해진 손을 코트 주머니 속에
찔러 넣었다. 한마디에 쉽게 없어지는 말이라면 무얼 약
속했는지 무얼 했는지 어떤 사랑을 했는지 중요한 건 아

니라는 생각이 들었다. 그는 결국 사랑이란 지나왔던 겨울 길을 되짚어 제가 갔던 길을 다시 걸어보는 일이라고 몇 번이고 되뇌었다.

버찌가 마르는 계절

　꿈속에서 당신을 오래도록 만나본 적 있어요. 안아도 보고 만져도 보고 힘껏 울어도 보았어요. 바닥에는 온통 버찌가 가득했어요. 나는 버찌 알을 주워 당신의 입술에 가져갔어요. 입가에 붉고 검은 물이 들었어요. 깨지 않으려고 두 눈을 크게 뜨고 있었어요. 갑자기 작은 버찌 알들이 내 눈 속으로 들어오더니 눈을 뜰 수 없었어요. 나는 안간힘을 다해 흐느껴 울었는데, 눈물이 나지 않았어요. 어디에서 무얼 하는지 모두 보고 싶었는데 눈이 떠지지 않아서 당신이 보이지 않았어요. 이제 내 꿈으로 오지 않는 당신, 나는 당신 대신 어떤 꿈을 꿀 수 있을까요.

아버지가 내게 물려준 것이 무엇이 있을까. 영화배우 제안을 받았을 정도로 멋있는 외모를 가졌던 아버지는 지금은 술 때문에 많이 늙고 약해졌다. 나무를 가꾸는 것을 좋아하고 나무들과 이야기할 줄 아는 사람. 식물을 사랑하는 사람. 식물을 사랑하기 때문에 내 안에 슬픔의 씨앗을 심어준 것이 분명하다. 손가락을 꼽을 정도로 아버지와의 추억이 없다. 집안에 아픈 사람이 있으면 함께 아파해야 할 것 같은 그리고 기뻐하면 안 될 것 같은 그런 비밀스럽고 묘한 분위기가 있다. 가족들은 식물처럼 조용히 빛을 받아들이고 평온해 보일 뿐. 아버지가 내게 남겨준 슬픔들로 시를 쓰게 된 걸까. 어디에서 자랐는지도 모를 우울의 싹이 나를 괴롭힌다. 나는 가을 하늘 아래 고요히 흔들리기를 좋아한다. 아무 생각 없이 아무 희망 없이 아무 바람 없이 한 방울 눈물도 없이. 문득 햇빛들이 나의 온몸을 찌를 것 같은 우울이 찾아올 때, 이유 없이 눈물이 흐를 때 나는 작은 포도 씨앗이 되어 땅속에 들어가 있는 상상을 한다. 아버지가 내게 물려준 아직 발아되지 않은 슬픔의 씨앗이, 슬픔이 모두 피어날 수 있도록.

트루게네프의 언덕

크리스마스이브, 눅눅한 나의 일기장. 그날 일기장에는 이렇게 적혀 있다. "무서운 가난이 이 어린 소년들을 삼키었느냐, 나는 측은한 마음이." 윤동주의 「트루게네프의 언덕」 한 구절. 나는 일기를 쓸 때마다 동주의 시구절을 아무 뜻도 모르고 적어놓았다.

학교가 끝나면 집으로 바로 가지 않고 부유한 친구 집에 들러 책을 읽기도 하고 새로운 게임기도 만져보곤 했다. 견고한 성처럼 책장에 꽂혀 있던 세계 동화 전집을 펼쳐보고 다시 꽂으면서 훔치고 싶었다. 집으로 돌아와 엄

마에게 세계 동화 전집을 사달라고, 처음이자 마지막으로
떼를 썼다. 다음 날, 엄마가 가져온 책은 윤동주와 릴케의
시집이었다. 그날 엄마는 내게 먹고 싶은 것이 없냐며 물
었고, 나는 호두과자를 먹고 싶다고 말했다.

　나는 엄마에게 받은 이백 원을 들고 시장으로 향했다.
시장 어귀에서 졸고 있는 십자매 할머니가 보였다. 할머
니는 십자매들이 가득 찬 새장을 두고 팔기도 하고 사람
들에게 간혹 구걸도 했다. 십자매 할머니를 보니 집에 있
는 할머니가 생각났지만, 힐끔 눈을 흘기고서 이백 원을
한 주먹으로 꽉 쥐었다. 노인의 눈동자 속에 텅 빈 겨울 풍
경이 언뜻 비치는 듯했다. 일렬로 횟대에 모여 있는 십자
매들이 추워 보였지만, 나는 뒤를 돌아보지도 않고 걸어
갔다. 호두과자 상점에서 줄을 서서 기다리다가 내 차례
가 되면 다시 뒤로 가고를 반복했다. 한참을 서성거리는
데 호두과자 한 봉지를 사서 가던 여자아이가 하나를 떨
어뜨렸고 호두과자가 저쪽으로 데굴데굴 굴러갔다. 아무
도 떨어진 과자에 관심이 없었다. 나는 주변을 살피다 얼
른 주워서 시장 안으로 들어갔다. 사과들로 가득한 과일
가게, 장날마다 나오던 병아리, 콩나물 가게, 두부 가게도

지나갔다.

나는 이백 원을 들고 장날이 시작된 길부터 끝나는 언덕까지 올라갔다. 그리고 다시 달려와 십자매를 팔고 있던 노인의 소쿠리에 이백 원을 넣었다.

"십자매 한 마리 필요혀?"

"우리 집엔 새장도 없고 십자매가 지낼 곳도 없어요."

십자매 할머니는 갑자기 깔고 앉은 상자 속을 열고 검은 새끼 고양이를 내밀었다.

"누굴 줘야 할지 몰랐는디, 가져가서 키워."

"우리 집은 키울 공간이 없는데……."

"밖에서라도 키우면 되지."

그렇게 인연을 맺게 된 고양이 묘묘가 나의 유년을 책임졌다.

묘묘

새끼 고양이를 다락방에 몰래 데려다놓았다. 밤새도록 우는 탓에 아버지가 잠에서 깼다. "어디서 고양이 소리가 들려. 당장 갖다 버리고 와." 버리라는 말에 고양이를 다 쓴 물건처럼 버릴 수 있는가에 대해 한참 골똘히 생각했다. "차라리 마음 편히 그럼 좋지." 혼자 갸우뚱했다. 나는 고양이를 데리고 뒷산의 숲으로 향했다. 폐허가 된 오두막집에 들어갔다. 혼자 있기에 좋은 장소였다. 친구가 하나쯤 있는 것도 괜찮겠다는 생각을 했다. 주워 온 박스로 집을 만들어주고 옆에는 뜰에 피어 있는 개망초와 제비꽃을 꺾어 말려두었다. 고양이 이름은 '묘묘'. 별생각 없이 지었다. 묘묘와 함께 있으면 저녁이 금방 찾아왔다. 묘묘는 자라면서 가끔씩 양말을 주워왔다. 양말의 정체가 궁금했지만, 대수롭지 않게 생각했다. 비가 내릴 때, 폭설이 올 때, 온 세상이 녹아내릴 것 같은 더위로 가득 차 있을 때, 묘묘는 말없이 내 옆을 지켰다. 늦여름 오후, 진한 눈화장을 한 주인집 아줌마는 양말이 자꾸 없어진다며 우리 엄마를 흘겨보았다. 주인집 아들은 나와 나쁜 사이는 아니었지만, 가끔 아이들의 물건을 마음대로 쓰는 아이였다. 오두막 근처에 널려 있던 색색의 양말들의 정체가 묘묘의 도둑질이었다니, 뜨끔하기도 했지만 통쾌했다. 옆집 무당 할머니가 마을 입구에 세워놓은 돌탑들을 묘묘가 무너뜨리는 것도 나만 보았다. 외롭고, 쓸쓸하고, 슬플 때마다 묘묘는 항상 내 곁을 지켰다.

사랑의 거리

당신은 사랑의 자리에서 사랑의 방향으로
나는 슬픔의 자리에서 슬픔의 방향으로
팔 벌려도 서로 닿지 않는 나무가 되는 꿈.

쉼 없이 네게로 흔들려 가는 것.
서로의 간격을 유지하면서
서로에게 걸어가는 것.

당신의 더딘 걸음을 느긋이 기다리는 것.
한번 잡은 손은 놓지 않는 것.

이미 식어버린 사랑에
온기를 더해 보는 것.

당신은 나를 얼마나 아파했는지
사랑을 열어 슬픔을 확인해보는 것.

나는 사랑의 자리에서
당신은 슬픔의 자리에서
서로의 심장을 움켜쥐는 것.

더 이상 돌지 않는
나사의 오른쪽에서 내가
사랑을 말할 때까지.

툭, 하고 풀려버리는
나사의 왼쪽에서 당신이
슬픔을 말할 때까지.

맹꽁이의 밤

　밤 열두 시의 산책길. 먹구름이 별빛 사이를 움직인다. 옅은 빛을 먹은 나무들은 빛의 잔물결을 일으킨다. 밤 열두 시가 되면 모두가 고요를 잃는다. 어둠의 모양은 칠이 벗겨진 나선형 계단, 거미는 거미줄을 밟고 올라가 둥근 어둠을 매달고, 날개를 접은 나방들. 내가 유독 열두 시에 산책을 하는 이유는 고요를 온전히 느끼고 싶어서다. 잠들어 있는 오리들을 지나 그늘 속으로 숨은 나무들의 그림자들을 둘러보며 한참 논으로 가는 길에 들어서면 맹꽁이들의 소리가 들려오기 시작한다. 답을 찾지 못한 질문들을 나에게 답해주려고 맹꽁이들이 더욱 열심히 우는 것 같다. 한 마리에서 두 마리로 두 마리에서 세 마리로 맹꽁이들이 함께 울 수 있는 곳. 우습고 정겨운 맹꽁이 소리를 듣고 있으면 나는 행복이라는 단어가 떠오른다. 누군가는 한꺼번에 너무 많은 행복을 바라서는 안 된다고 했다. 나는 얼마나 많은 행복과 행운을 꿈꿨는지. 왜 신은 내게 행복을 한 번에 주지 않는가. 그런 생각이 나의 고요 속에서 소용돌이치곤 했다. 맹꽁이들은 알려준다. 이미 와버린 행운들을 나 모르게 놓쳐버린 것은 아닌지 자신의 울음소리를 듣고 천천히 생각해보라고. 한밤중의 검은빛들은 천천히 움직인다. 잠들어 있는 모든 것들에게서 느리게 흘러간다. 나의 고요가 동파되지 않도록 감정의 수도꼭지를 조금씩 틀어놓는다. 간혹 아스팔트 위로 올라온 지렁이들도 논으로 던져주며. 느껴본다. 나의 고요 속에서 천천히 일어나는 안도를, 작은 연민을. 새벽 두 시가 넘어가고 있다. 고요 속에서 가끔씩 깨어 새들이 깃을 터는 소리, 알을 깨는 소리, 똑똑, 작은 것들에게서 흘러나오는 빛과 행운을.

가을에

나의 다정은 내리쬐는 가을 햇살이었으면 한다. 보드라운 뒷덜미를 만지듯이. 돌아선 너의 뒷모습을 감싸듯이. 하나도 빠트리지 않고.

나는 어릴 때 왕이었다. 개미들의 왕. 놀이터 가장자리 풀숲에는 유난히 개미가 많았다. 집에 아무도 없는 날에는 라면 부스러기를 들고 놀이터로 향했다. 라면 부스러기 하나면 종일 개미들과 놀 수 있었다. 라면 조각을 던져 놓고 그네를 한 차례 타고 오면 금방 개미들이 몰려들었다. 옆집에 살던 여자아이는 시소를 타다가 땅에 떨어진 소나무 껍질을 씹어 먹거나 흙을 먹기도 했다. 나와 함께 놀던 개미 중에 죽어버린 녀석들을 골라 먹기도 했다. 도대체 그런 것들을 왜 먹는 거야? 나의 질문에는 아랑곳하지 않고 열심히 놀던 아이였다. 여자아이가 집으로 돌아가고 나는 송진이 약간 묻어 있는 소나무 껍질을 입속에 넣었다. 끈적이면서 솔향기가 나는, 씹을수록 알 수 없는 맛. 흙도 주워 먹어보고 죽은 개미도 먹어보았다. 시큼하고 떫었다.

지금도 길 위의 지렁이들을 지나치지 못하고 혹여나 개미나 달팽이를 밟지는 않는지 아래를 보며 걷는다. 그렇게 작은 것들에게서 시를 배운다. 달팽이들이 꾸는 꿈은 정말 미로와 닮아 있을까. 개미들을 보면 나의 머리 위에 왕처럼 잠자리 날개로 만든 왕관을 쓰고 싶고, 소나무의 송진을 떼어 깨진 달팽이의 집을 메워주고 싶다. 관조는 고요한 마음으로 사물이나 현상을 관찰하는 것, 미(美)를 직접적으로 인식하는 것, 영원히 변하지 않는 진리를 비추어 보는 것. 시를 쓰고 사물을 관조하는 비밀을 개미와 소나무 껍질 그리고 흙을 먹으며 얻었다니. 수천 년이 지나도 변하지 않는 것들이 있지. 소나무 껍질의 맛, 흙의 맛, 개미의 맛! "엄마 쟤 흙 먹어." 그래, 내가 그 흙 먹던 아이다.

4B
연필

　그가 졸고 있는 옆모습이라든가 손을 뻗어 나뭇가지를 들추는 모습이라든가 벌레를 보고 놀라는 눈동자 같은 것을 그녀는 자주 그려주었다.

　그녀는 책을 들고 있는 그의 윤곽선을 그리다가 모서리가 둥글어진 지우개로 깨끗하게 그의 모습을 지웠다.

　"4B 연필은 왜 4B야? 그리고 연필 소리 말이야, 쏟아지는 비들끼리 부딪히는 소리 같지 않아?"

　그는 연필을 들고 자그마한 원을 네 개 그려놓고 그 옆에 "네 개의 비"라고 적어두었다. 서랍 깊숙이 넣어둔 4B 연필을 꺼냈다. 그는 정지된 영역들을 다시 떠올리니 그녀를 완전히 밀어냈다는 사실이 이제는 아무렇지 않았다. 가장 뜨거운 순간들도 그냥 그려지다가 마는 것인지. 그는 끝이 얼마 남지 않은 연필심으로 엷고 희미한 원을 그려보았다. 사랑은 지우려 애써도 희미한 자국을 남긴다.

동주의 눈

초등학생 시절, 엄마가 가져다준 윤동주 시집이 쓰레기통에서 주워 온 책이라는 것을 근래에 알게 되었다. 그때 난 책조차 사주지 못했던 엄마를 끝없이 원망했다. 쓰레기통이나 뒤지던 엄마가 창피하고 부끄러웠는데, 그 시절 엄마에게 돌아갈 수 있다면 미안하다는 말을 하고 싶다.

내가 일기장에 죽음에 대해 자주 꺼내기 시작했던 시기는 아마 윤동주 시인의 "모든 죽어가는 것을 사랑해야지"라는 구절을 보고 충격을 받은 이후부터였던 것 같다. 죽어가는 것을 어떻게 사랑할 수 있는가 하는 질문은 로드

킬을 당한 고양이에서 시작되었다. 내 나이 열 살에 죽음이 온전히 적막 속으로 사라지는 장면을 본 적 있다. 작고 단단한 세계가 몰락했고, 사방의 어둠 속에서 출렁거리는 서늘한 겨울의 눈빛이 나의 두 눈을 멀게 했다. 슬픔이라는 것은 내 눈과 귀가 먹먹해지는 것이구나, 나는 죽음 앞에서 흘러가는 검은 고요일 뿐이구나, 죽음은 오로지 신만이 관장할 수 있다는데, 그 신은 도대체 어디에 있는 걸까. 축 늘어진 그림자가 이 세상의 것이 아니라는 듯 검은 물이 계속 나왔다. 하염없이 흐르는 울음처럼.

나는 동주라는 이름을 떠올리면, 동주의 처연하고 슬픈 눈동자가 먼저 그려진다. 후쿠오카 형무소에서 동주는 눈을 감고 그곳으로 천천히 발을 옮겼을 것이다. 그리고 어머니 곁에 머물던 마지막 밤을 떠올렸겠지. 동주의 두 눈은 따뜻하고 뜨거웠을 테고. 콩잎들이 쉴 없이 떨어지는 모퉁이의 길과 동주를 반기던 어머니의 서글픈 눈빛, 꼬리를 흔드는 강아지풀이 무성한 곳으로 동주를 데리고 갔겠지. 동주와 만날 수 있다면 나는 동주에게 다시 태어나면 시인이 될 거냐는 질문을 해보고 싶다. 동주는 당연히 그럴 거라고 할 것 같지만, 난 아니라고 이야기했으면 좋 겠다. 동주의 삶이 조금 더 길었다면 내게 어떤 시들을 남 겼을까. 동주는 거울을 보면서 무슨 생각을 했을까. 동주 가 그의 어머니 곁에서 눈을 감고 싶어 하지 않았을까 하 는 확신이 들 때마다 나는 동주의 눈을 생각한다.

내 일기장 어딘가에 이런 글을 끄적인 적 있다. "나는 잠이 들 때마다 그곳에 갈 수 있다." 그러니 늦잠을 자는 거라고. 눈 고개를 넘어 주검 속을 다녀올 수 있다면 얼마 나 좋을까. 늦잠이 없는 것은 먼저 가 있는 것인지. 나는 아직 살아 있으니 이런 마음을 가질 수 있는 거겠지. 그러 니까 인간들은 깨고 싶지 않은 꿈을 계속 꾸고 있는지도 모르겠다. 하염없이 눈물이 흐르고 싶은 꿈을.

동주에게 말하고 싶다. 부디, 너의 삶만 올곧이 살아보 라고, 될 수 있는 한 멀리 도망치라고. 오래 살아남아 엄마 와 아빠 곁에서 지겨울 때까지 살아보라고. 너의 잘못도 들키지 말고 슬픔도 들키지 말라고.

신이 내게 일러준 것

사랑하는 존재의 흔적을 지우는 게
내 힘으로 안 되는 일이라는 것을 알았을 때
나는 오롯이 슬퍼졌다.

나의 품 안에서 날개를
툭,
하고 숨이 끊어지던 새와

엄마의 품 안에서 손을
툭,

하고 떨어뜨렸을 때

할머니의 손 같은 것들이었다.

그 겨울, 저녁에는

모락모락 흰 김이 수저에 어린다.
주전자의 물이 끓고
아, 엄마는 언젠가 사라진다.
엄마, 하고 부르면 아무것도 들리지 않고
갓 지은 쌀밥 날리는 소리.

고등학생 시절, 아버지와 둘이 집에 있는 날이 많았다. 그날 아버지가 나의 일기장을 허락도 없이 보았다. 나는 처음으로 아버지에게 소리를 지르며 일기장을 빼앗았다. 일기장을 들고 맨발로 뛰쳐나왔다. 우리 집 옆, 성당 포도나무 숲에서 저녁이 오기까지 기다렸다. 나의 미워하는 마음을 보았을까, 일기장에 아버지를 몇 번 적었는지 슬며시 확인해보았다. 열한 시쯤이면 잠이 들었겠지 하고 슬쩍 문안을 들여다보다가, 술에 취해 울고 있는 아버지의 눈을 보았다. 세상에서 가장 불쌍한 사람의 두 눈을. 나는 두려웠는지도 모른다. 아버지가 나를 사랑하지 않는다고 말할까 봐. 나는 다짐했다. 사랑과 미움을 함께 견디는 마음을 알 때까지 아버지의 눈을 보지 않겠다고. 열일곱 내가 가장 훔치고 싶던 것은 아버지의 눈빛이었을지도 모른다. 아버지는 내 마지막 장 일기를 보았을까. 말해달라고, 거짓말이라도 좋으니 나를 사랑한다고.

스물

세상에서 가장 아름다운 독백은 내가 나에게 전부였던 시절. 뜨거운 문장들로 당신을 붙들었던 때가 있었습니다. 내가 나에게로 부딪힌 계절에 오로지 하나의 마음으로 읽히는 당신의 독백을 모두 다 외울 듯하였습니다.

고양이 잡화점

묘묘는 산책을 좋아했다. 난 산책 줄 살 돈이 없어서 쓰레기통에서 노끈을 끊어 줄을 만들었다. 어딜 가나 나를 따라다니는 묘묘기에 줄이 딱히 필요는 없었지만, 산책 줄을 하고 산책을 나가면 더욱 함께인 기분이 들었다. 묘묘는 강아지처럼 여기저기 냄새 맡으며 다니기를 좋아했다. 공사장의 조개껍데기, 마른 매미의 허물, 껌 자국 같은 것들을 발견하고는 묘묘는 툭툭, 발로 건드렸다. 맨홀 뚜껑에서 올라오는 하수구 냄새 같은 것을 자꾸 맡으려고 해서 강제로 떼어내려고 하면 하악질을 하는 탓에 나도 맨홀 뚜껑 위에서 냄새를 맡고 서 있을 수밖에 없었다. 그러다 나도 모르게 하수구 냄새에 오묘하게 중독되기도 했다.

　우리는 마을 골목 사이를 누비며 다녔다. 묘묘는 담벼락에 솟은 유리 조각들을 잘도 피하며 사뿐히 내려앉았다. 부잣집 대문 앞에서 기웃거리며 창 너머에 있는 세계들을 함께 엿보기도 했다. 녹이 슨 우편함, 전봇대 주위를 돌며 묘묘와 나는 흩어진 전단지들을 모으기도 했다. 묘묘의 낮은 시선을 따라다니면서 낮은음으로 삐걱거리는 풍경의 소리들을 들었다. 묘묘와 나는 죽은 벌레의 껍질을 조심스럽게 부스러트리기도 했고, 남이 쓰다 버린 책가방 속에 함께 들어가기도 했다. 묘묘의 손을 잡고 건반이 몇 개 빠진 아코디언을 하나씩 함께 눌러보기도 했다. 묘묘는 내게 다가올 슬픔들을 호위해주는 검은 말을 탄 기병 같았다. 집에 아무도 없는 날이면 나는 묘묘를 몰래 나의 방으로 데려갔다. 묘묘는 창문 밖에서 물건을 가져오곤 했다. 정체 모를 잎사귀나 개구리의 뒷다리나 살아 있는 참새를 물어왔다. 신기하게도 살아 있는 것들은 아주 조심히 물어와서 상처 하나 없었다. 나는 식물도감이나 동물 백과사전을 펼쳐보며 그것들의 이름을 추측했다.

살아 있는 것들은 물을 주거나 설탕물을 먹여 밖으로 보냈고 미동이 없는 것들은 모두 버리지 않고 묘묘의 집 옆에 모아두었다. 그 검은 녀석이 내게로 물어오는 작은 풍경들은 아주 낮은 곳에서부터 묻어온 어둠들이라는 것을 알았다. 하늘을 나는 새부터 마른 잎사귀까지, 난 묘묘가 가져온 모든 것에 빠짐없이 들어 있는 울음소리들을 귓속 어딘가에 기록해두고 싶다는 생각을 했다. 바닥에서부터 구름이 있는 곳까지의 거리가 궁금했다. 나는 가끔 쓰레기통을 뒤져 우리의 거리를 가늠해본다.

묘묘와 함께 있던 자리를 생각하면 누군가가 눕고 간 것 같아서 나의 마음이 움푹 패이곤 했다.

엄마는 자주 경부고속도로 일터에 갔다. 거기서 돌멩이 나르는 일을 했는데 얼마 전에 아직 굳지 않은 아스팔트가 엄마의 어깨를 스치면서 큰 화상을 입었다. 다음 날 나는 엄마 대신 일터로 갔다. 아저씨들이 왜 왔냐고 묻기에 엄마 대신 왔다고 했다. 아저씨들은 땅꼬마가 무슨 일을 하겠냐고 돌아가라고 했다. 잘할 수 있다고 씩씩하게 말했다. 하루에 이백오십 원을 벌었다. 두 달 동안 일했다. 입술이 다 트고 양손에 물집이 잡혔다. 그런 날이면 몰래 아이스크림을 사 먹었다. 내가 마음대로 행복을 사 먹는

것 같았다. 힘든 날도 많았지만 아픈 엄마 앞에서 티를 낼
수가 없었다. 월급날에 만천이백오십 원과 보너스 천 원
을 받았다. 엄마가 고생했다고 하시면서 만 원을 내게 다
시 주셨다. 엄마는 뒤돌아서며 내게 눈물을 보이지 않으
려고 했다. 그때만큼은 엄마가 나를 제일 사랑하는 것 같
았다. 나는 아스팔트 땡볕 아래서 알았다. 돈이 전부가 아
니라는 사실을. 영원히 보관되는 기억은 아주 힘들거나
아주 쉽거나 하는 일이라는 것을.

친구들이랑 호떡을 만들었다. 밀가루에 설탕을 넣어 반
죽했다. 연탄불 위에서 다 타버렸다. 탄 곳은 떼어내고 가
장자리만 베어 먹었다. 꿀맛이다. 아, 인생이란 연탄불 위
에 구워 먹는 호떡의 꿀맛.

오늘은 화장실 똥 푸는 날이다. 나는 동생들이랑 막대
기로 먼저 노천 화장실을 휘젓는다. 그다음 똥바가지로 똥
을 푼다. 양쪽에 양동이를 인 채 중심을 잡고 논밭으로 이

동한다. 동생들이 서로 안 하려고 잔꾀를 부리다가 똥통이 한쪽으로 기울어 똥물이 쏟아진다. 동생들 덕에 똥물을 다 뒤집어썼다. 아, 나보다 비참한 여자가 어디 있을까.

![bird icon]

열다섯 살 즈음, 우리 동네 쓰레기통에서 검은색 서류 가방과 하얀 세라복을 주웠다. 아무도 없는 달밤에 세라 복을 혼자 입고 가방을 손에 든 채 남동생이 다니는 학교 정문까지 갔다. 조금만 돈을 더 벌고 꼭 학교로 가겠다고 여러 번 되뇌었다. 아까시나무 아래서 서늘한 계절이 왔 구나 하고 생각했다. 비가 조금씩 내렸다. 아까시나무 잎 이 비에 더 많이 쓸려갔으면 좋겠다.

![bird icon]

여기저기 돌아다니면서 영어 학원, 주산 학원에 다녔 다. 사촌의 고등학교 졸업장을 빌려서 서울에 있는 주식 개발 회사에 취업했다. 처음에는 경리과에서 근무를 하게 되었는데 사장님께서 일을 잘한다고 비서실로 보내주었 다. 야간 근무가 끝나고 돌아가는 길에 교복을 입고서 웃

고 있는 여자아이들이 눈에 들어왔다. 집으로 가는 버스에서 김정호의 〈하얀 나비〉가 흘러나왔다. 음 생각을 말아요, 음 어디로 갔을까. 흐르는 가사에 나는 조금 웃었다. 나는 억새풀, 삼선이는 억새풀, 어디서든 살 수 있지, 갈 수 있지. 나는 자주 억새풀을 꺾어 할머니에게 가져다주었던 기억이 났다. 우리 할머니가 나에게 붙여준 이름, 억순이. 나는 조금만 울고 싶어졌다.

엄마의 연애편지

사장님, 안녕하세요. 저 삼선이에요. 이제 일 그만두려고 합니다. 사장님 좋으신 분인 거 너무 잘 알지만, 저는 집으로 내려가서 동생들도 돌봐야 하고 아픈 엄마도 모셔야 해요. 제 착각일 수도 있지만 사장님이 저 많이 좋아한 거 알고 있었어요. 사장님 생각처럼 저는 좋은 사람이 아니에요. 그리고 다리도 못생겨서 치마도 못 입는답니다. 그동안 잘해주셔서 감사했어요. 서울에 다시 올라오게 되면 만나 뵐 수 있겠죠.

꿈
갈
피

붙들고 싶은 눈빛을
책갈피로 만들 수 있다면
언제든 넘겨볼 수 있는
페이지 어딘가에 넣어두고 싶었습니다.
꾸다 만 꿈들이
당신의 눈매에 머물다 가는 저녁에.

우리가 눈을 감는 이유

서로를 껴안을 수 없는 등을 가진 우리는, 한참이나 멀어지고 있는 그 사람의 등을 보면서 생각한다. 온전히 되돌릴 수 있는 건 슬픔뿐이라고. 지나간 것들은 붙들지 않는 마음을 갖는 것, 준비하지 않은 떠남을 미워하지 않는 것, 한때는 나의 일부가 뜯겨 나간 자리를 마주해야 한다는 건, 결국 슬프고 괴로운 일. 너의 모든 것이 내가 될 수 없으니, 우리 눈을 감게 되는 일.

그 겨울의 첫눈

내가 '겨울' 하고 말하면

너는 내 눈을 보며 '첫눈' 하고 말했으면.

첫눈, 멈추지 않는 눈발을 기억하느냐고.

나도 알고 있다고.

우리의 헤어짐은 두 발을 나란히 걸었던

보폭이었으면 좋겠다.

첫눈이 내릴 때

너는 내가 기억이 났느냐고 그거면 되었다고.

한겨울, 언 꽃잎을 접어놓은 약속이

마른하늘로 날린다.

첫눈은 그리움을 부르는 마음.

속눈썹 위로 닿는 눈송이,

톡, 털어내듯

가끔 웃을 수 있는 것이라면.

너는 나를 혼자 내버려두겠지만

네가 나를 다시 찾아오지 않아도 괜찮아. 한 시절 그때의 너는 내게 이미 죽은 사람이니까. 서로의 순간에 머물렀던 시간과 공간은 끝이 나고야 말겠지. 기쁨으로 가득한 나를 거기에 내버려두고 올 테니까.

비가 내리기 직전의 하늘, 나는 혼자 완성될 수 없는 문장, 우산 없이 비를 맞는 연인들, 어둠을 응시하는 개의 눈, 유리잔에 맺힌 빛.

나는 그 장면을 놓친다. 한순간의 감정으로 기억은 깨지기 전의 유리창이 되고. 조금만 두드려도 깨져버리는 기억은 그런 거야. 그런 순간에도 사랑은 있다가도 없는 거니까. 네가 나의 마지막이 아니라도 쉽게 울고 웃을 수 있는 거야. 사랑은 지나치면 그만이니까. 또다시 올 거니까, 나는 정말 괜찮은 걸까 물어도, 너는 나를 혼자 내버려 두겠지만. 진심으로 사랑을 느끼는 순간은 너도 나와 같은 사람이었다는 것을 이해할 때지. 내가 없는 곳에, 그곳의 나는 무심히 빛나고 있겠지.

조금은 알 것 같다. 내가 없는 그대가 더 많이 아름다울 수 있다는 것. 한 시절 나의 가장 찬란한 슬픔, 잘 지내.

사랑의 젠가

오, 주여
모든 사랑을 내게 주신
당신은
한 사람을 위한 믿음으로
나를 쓰러트리십니다.

엄마는 누운 할머니를 끌어안았다.

뒤에 있던 나는 생각했다.

할머니 가슴에 안긴 엄마의 눈이

어린아이 같았다.

할머니의 입술에 엄마가 입술을 비볐다.

나는 우산을 쓰고 있는

엄마와 할머니의 흑백 사진을 떠올렸다.

"엄마, 소녀 때는 어땠어?"

"하고 싶은 게 너무 많았지."

"학교도 안 보내주고, 할머니가 엄마한테 막 대했잖아."

"견딜만했어."

"바보 같은 소리야."

"알았거든, 할머니가 엄마를 많이 사랑했다는 거."

증명되지 않는 사랑이었다.

할아버지, 할머니가 죽고

혼자 남겨진 엄마를 생각했다.

엄마는 엄마로 다시 시작해야 하는구나.

나는 마지막 장면을 잊고 싶지 않아서

할머니 품에 매달려 우는

엄마의 등허리를 꽉 안아보기도 했다.

셋이 부둥켜 우는 동안 나는 이상했다.

할머니의 시간은 질기게 이어져

엄마의 시간을 살아가게 한다.

3부

성실한 슬픔

: 살아 있다는 건 결국 울어야 아는 일

성실한 슬픔

슬픔을 잊는 방식이 더딘 사람도 있고, 성실하게 슬픔을 비워내는 사람도 있다. 멀리서 걸어오는 너의 얼굴이 그립지 않고 첨벙이는 노래들이 이제 들리지 않을 때, 이토록 사소한 하나에 반응하고 더 이상 그 대상을 사랑할 수 없음을 알게 될 때, 잊는 것 또한 아주 평범해진다. 나도 모르게 닳아버린 칫솔처럼. 잊는다는 건 아주 평범하고 사소하게 휘어진 사랑. 사랑은 습관이 될 수 있으나 이별은 습관이 될 수 없으니, 그래서 잊는다는 건 성실하게 앓는 것. 우리는 묵묵히 흐른다. 아주 평범하고 성실히.

시간의 태엽

   얼음이 얼기 시작하는 계절의 경계가 자연이 가진 가장 외롭고 아름다운 선이라고 생각한다. 모든 풍경들이 얼음 옷을 입기 시작하면 금방이라도 부서져 버릴 것 같은 마음. 혼자 눈 내린 길을 걷고 있으면 눈 밟는 소리들이 작고 크게 들려온다. 겨울로 넘어가는 수평선을 보고 걸으면 이 세상과 저편의 세상을 잇는 겨울의 복도처럼 보이고, 이 세계 끝의 문을 밀기 시작하면 다른 세계로 넘어갈 수 있을 것 같은 예감이 든다. 스노우볼 안의 세계로 들어가는 얼음의 회전문이 돌아가고 있을 것 같다. 그곳에는 견고하고 둥근 흰 빛들이 서 있지 않을까. 유리 막에 손을 대면 나타나는 겨울이 만드는 환영들이나 입김들을 그리움이라고 부를 수 있겠지. 나를 마중 나와 기다리고 있을 허상 같은 존재들.

떠나고 알게 되는 것들은 겨울의 경계에서 온다. 마음과 기억 사이에 눈이 오는 것처럼. 폭설처럼 많이 내려서 그곳에 갈 수 없는 것처럼. 사람의 마음과 마음 사이에 얼음 장막을 한 꺼풀 벗겨내면 내가 모르는 사이에 나를 떠난 것들이 너무 많아 어쩔 도리가 없이 그 자리에 얼어버리게 되는. 닿을 수 없는 마음은 금방 잊어버리고 마는 간밤의 꿈이었으면 좋겠지만, 겨울 수평 너머에서 건너올 수 없는 영혼들은 푸른 얼음물에 잠겨 출렁이고. 오르골 속에서 춤을 추다가 멈추어 서 있겠지. 겨울 어딘가에 시간을 돌려놓을 수 있는 태엽이 있다면 다시 돌리고 싶다. 들여다보고 싶다. 쫘직, 곧 깨지고 말겠지만.

겨울귀

    내가 아버지를 이해하기 시작한 것은 할아버지에게 속삭이는 아버지의 말을 들었을 때부터다. 아버지가 할아버지를 염하는 장면을 뒤에서 모두 지켜보았다. 푹 들어간 눈, 높은 콧대, 약간 두꺼운 입술에서 시작해 아버지의 손길이 할아버지의 몸을 스쳤다. 움푹 파인 곳을 지날 때마다 아버지는 잠시 동안 멈추었다. 할아버지의 살짝 열린 오른쪽 눈을 차마 감기지 못했다. 아버지는 눈물을 흘리며 할아버지의 벌린 입 틈으로 저승으로 향하는 뱃삯을 넣었다. 이내 할아버지가 수의에 꽁꽁 싸매졌다. 장례 지도사는 사람이 죽기 전 마지막까지 살아 있는 것이 귀라고 했다. 아버지는 할아버지의 큰 귀에 대고 속삭였다.

"아버지, 끝까지 이럴 거예요."

나는 아버지를 더 이상 미워하지 않기로 했다. 미움이 끝나도 사랑으로 시작될 수 없구나. 죽음으로도 용서가 안 되는 것들이 있다는 것을 알았다. 언제인가 아버지를 내 눈앞에서 지그시 내려다보는 날이 올 테니, 조금은 이해할 수 있을 거라고, 아버지와의 유일한 그날의 기억들을 떠올리면서. 함께 겨울 낚시를 갔던 날, 붕어를 잡고 돌아오던 폭설 속의 기억. 나는 겨울 구름 밑에서 아버지의 길어지는 그림자를 밟으며 따라갔다. 손을 대면 금방이라도 얼어버릴 것 같았다. 침묵만이 나를 만지던 겨울 강.

죽은 할아버지 얼굴에 얼굴을 문지르는 아버지. 내 얼굴을 실컷 묻고 싶었지만 나는 묻지 않았다.

나는 아버지와 처음이자 마지막으로 갔던 겨울 강의 너울거리는 그림자를 생각했다. 나의 아버지가 힘껏 낚시를 던질 때, 할아버지의 작고 가느다란 몸을 건져 올리고 싶었을까.

나의 아버지는 허공으로 올리는 낚싯바늘 끝에

할아버지의 귀먹은 귀를 건져 올리고 싶었으리라.

나는 아버지가 할아버지에게

이 말을 했으면 좋겠다고 생각했는지도 모른다.

"아직 시간이 많이 남았다고 생각했어요,

일어나 봐요, 아버지!

아버지, 끝까지 이럴 거예요."

가을 끝에서 나는 늘

"이것 하나면 너를 어디로든 데려다줄 수 있어." 친구의 말을 그대로 믿어버렸다. 아버지가 항암 치료를 시작하면서 엄마는 집을 자주 비웠다. 친구가 쥐여준 동전을 들고 버스라는 것을 탔다. 버스 창밖으로 은행잎들이 가을 거리에 어지럽게 쌓여 있었다. 어디인지 모를 곳에서 내렸다. 버스 정류장에서 남자와 여자 뒤로 따라오는 두 남매가 나를 물끄러미 쳐다보았다. "여기가 어디인가요?" "종점, 끝." 나는 아버지가 죽을 수도 있다는 엄마의 말이 떠올랐다. 등 뒤로 가로등 빛이 검은색으로 보였다. 나는 그때서야 끝이라는 단어를 조금 알 것 같았다.

늦가을이 끝나가는 무렵이었다. 가을비가 내리고 있었다. 발로 은행잎들을 걷어차며 거리를 걸었다. 우산 없이 가로등 불빛을 올려다보았다. 무얼 해야 하는지 몰라서 구름 낀 창이나 그늘 아래 얇아지는 그림자를 멍하니 쳐다보았다. 나는 가장 밝아 보이는 가로등 아래, 작은 새처럼 웅크렸다. 누구도 내게 아무것도 묻지 않았다. 끝을 지나가고 있는 것들은 어떤 표정일까. 나는 끝이라는 말을 들으면 가을과 사랑이라는 단어가 겹쳐서 보인다. 모두 불타버리기 전에, 다정하게 낙엽들이 사위어가기 전에. 입술이 끝이라고 말하기 전에. 낙엽 무덤들을 헤치면 얼지 않은 물소리가 난다. 알고 싶지 않은 마음들로 가득히.

꿈

사람들은 모두 잃어버린 한쪽 양말을 찾는 걸까. 있어도 그만 없어도 그만. 꿈에는 짱이 없지, 그런 거. 난 양말을 벗고 숲으로 들어가 숲 한가운데 찍어놓은 숨겨진 발자국을 다시 찾아볼 거야. 금방 잊어버릴 빛 조각이나 나무의 정수리를 쓸어내리는 바람이나 풀벌레들의 흔들림 같은 것들을 너의 양말 속으로 하나둘 채집하다 집으로 돌아오는 거지. 사랑하는 사람과 밥을 지어 먹고 차를 마시고 빨래를 함께 개키고, 밤이 오면 각자의 방으로 들어가겠지. 사람들은 모두 같은 꿈길을 걸어가는 거야. 양말을 어디다 벗어둔지 모르고 맨발로 사랑을 나누는 꿈을.

버려진 마음

　나는 버려진 것들을 사랑한다. 버려지는 이유야 여러 가지겠지. 더 이상 필요로 하지 않거나 혹은 대신할 것으로 마음이 옮겨갔기 때문이거나. 내 나이 열 살 무렵, 엄마와 분리수거함을 뒤지던 때였다. 새 옷 같은 헌 옷들이며 값비싼 유명 브랜드 옷들도 가득했으니, 싫으면서도 내겐 보물 창고 같은 곳이었다. 우리는 밤마다 몸에 맞는 옷을 찾고 버려진 연필을 줍고 꽃을 담을 화병도 조심스레 가져왔다.

　다음 날 쉬는 시간, 책상에 엎드려 있는데 친구가 나의 등을 세차게 내리쳤다. "땅거지야, 그거 내 옷인데?" 빈약

하고 깡마른 나는 도시락을 들고 깔깔거리는 친구들 사이를 비집고 나와 옥상으로 올라갔다. 반찬 통에는 멸치와 김치 두 가지뿐. 멸치를 입에 쑤셔 넣고 옥상 난간에 기대어 섰다. 뜯어진 소매 끝에 자꾸만 터져 나오는 눈물과 콧물을 닦았다. 점심때마다 친구들을 피해 옥상 난간에 앉아서 멸치를 먹었다. 작은 멸치의 눈이 나를 쳐다보는 것 같아서 꼭꼭 씹어 먹었다. 목이 멘 채로 옥상에서 아래를 내려다보았다. 땅거미가 사람들을 갉아먹는 모습을 한참 바라보다가 그대로 눈을 감았다. 한 발자국만 더 나가면 나를 더 이상 미워하지 않을 수 있을 것만 같았고, 누구도 나를 버리지 않을 거라는 생각도 들었다. 제 일을 다한 물건들이 온전히 기억되는 일은 없겠지만, 모든 일에는 끝이 있겠지만.

버려진 것들이 나를 존재하게 했다. 그런 게 살아가는 것이라고 이해했다. 내가 사랑한 모든 것들이 누군가에게 버려지지 않았으면 한다.

사랑이 미움에 닿을 때

벚꽃이 떨어지는 방향으로 숨을 쉰다. 바람결에 날아가는 잎들과 대기의 서늘한 흐름. 한철을 순식간에 지나가는 것들. 벚꽃이 질 때, 사랑이 미움에 닿을 때, 얼마나 많은 사랑이 우리를 바닥을 보게 하는가. 사랑이란 이름으로 그 안에서 뭉개지고 흐트러지는 마음이 있다. 그냥 밟고 지나가도 되는 마음들이 있을까. 빗물에 쓸려가는 벚꽃을 보면, 시작과 동시에 끝을 생각하게 된다. 기어이 살고 싶은 생각과 죽어버리고 싶은 밤이 있어 생의 가치는 충분하다. 사랑이 시작되는 순간에 헤어짐이 시작되는 벚꽃의 시간이 인간의 생과 닮아 있다는 생각.

나는 군대에서 앰뷸런스 운전병으로 일했다. 오전에는 비상 대기를 하고 오후에는 뜨고 내리는 비행기 아래서 응급차를 대고 기다리는 라인 대기를 했다. 비행장에서 알게 된 수는 그럴 때마다 자주 내게 책을 빌려주거나 말 상대가 되어주었다. 추운 겨울에 『데미안』을 작은 목소리로 읽어줄 때면 나는 그것을 들으며 꾸벅 졸기도 했다. 나보다 더 많은 것들을 알고 있던 수의 말에 나는 자주 고개를 끄덕이고 귀 기울였다.

그러나 항상 우울이 가득한 수의 눈빛에는 동의하고 싶지 않았다. 대화의 대부분이 죽음과 관련되어 있었고, 무언가 죽음에 골몰해 있는 수가 부담스러웠다.

"우리는 죽으면 어디로 가는 걸까?"

"그런 걸 왜 자꾸 나한테 물어?"

"그냥."

"죽을 용기나 있어? 정말 죽을 거 아니면 그런 말 하지
마."

차가운 내 말에 수는 입을 닫았다.

오전에 비상 대기를 하다가 악몽을 꿨다. 한 사람이 검
은 물속으로 뛰어들었고 나도 뒤따라 들어갔다. 내가 죽
는 모습은 어떤 모습일까 생각에 잠겨 있는데 전화벨이
울렸다. 병사 한 명이 팔 층에서 떨어졌으니 수습하라는
전화였다. 군의관과 의무병을 태우고 서둘러 응급차를 몰
았다. 어떤 이가 목숨을 끊은 것인지 궁금했다. 도착한 거
리에는 크리스마스 캐럴이 흘러넘치고 구세군 종소리가
울려 퍼졌다. 붉은 핏물이 번진 바닥 위로 눈이 마구 쏟아
져 내렸다. 얼굴의 반쪽은 없는 상태였고 사지가 잘려 눈
속에 파묻혔다. 가만 남은 얼굴을 살펴보니, 엊그제만 해
도 나와 고민거리를 나누던 수였다. 수의 몸에서 흘러나

온 장기들과 팔과 다리를 주워 담았다. 작은 하나라도 차가운 겨울 거리에 남겨지면 안 된다는 의무감으로 남은 신체 부위를 찾았다. 엊그제 받지 못했던 수의 전화벨 소리가 이명처럼 떠돌았고 친구의 어머니 얼굴이 아른거렸다. 수를 태우고 달리는 시간 동안 내게 전화로 어떤 이야기를 하고 싶었는지 알고 싶었다. 병원에서 도착해 반쯤 남은 수의 몸통을 침대에 눕히고 흰 천을 덮었다. 이내 수의 어머니가 도착했다. 시신이 많이 훼손되었는데 확인을 하겠느냐는 군의관의 말에 내 온몸이 사시나무처럼 바들바들 떨렸다. 흰 천을 벗기는 순간, 반쪽 얼굴이 없어진 아들의 얼굴에 두 손을 올려 검붉은 피로 범벅이 되도록 매만지던 엄마와 그 아들. 스물한 살이면 너무 짧은 생을 산 것이 아닐까. 내 앞에 서 있는 거대한 슬픔을 어떻게 받아들여야 하는지 알 수 없었다. 나이가 들어 제명에 살다 간다면 더 성숙한 인간이 될 수 있는 건가. 슬픔을 알게 되면서 완전한 인간이 되는 걸까 생각했다. 나는 엄마 곁에서 조금 더 살다 가지, 추운 겨울을 싫어하면서 왜 하필 겨울이었나 여러 번 되뇌었다. 내가 정말 수를 죽인 것 같다는 생각이 들었다. 수의 마지막 전화를 받았더라면 바꿀 수 있었을까. 건드리면 금방이라도 울어버릴 것 같은 수의 눈빛을 조금이라도 이해할 수 있었다면, 죽지만 말라고 이야기를 해줬더라면.

성에 낀 유리창을 바라보았다. 죽음은 인간에게 슬픔만을 안겨주고 눈 속에서 헤매게 만든다는 생각이 들었다. 수의 이름을 작게 불러보았다. 아무 대답을 들을 수 없다는 것이 이상했고 눈물이 나지 않아서 더 이상했다. 슬픈 눈을 하고 있는 수가 병원 복도 끝, 창문 쪽으로 걸어 나갔다. 크리스마스 전구에 반사된 눈송이들이 푸른 빛깔로 반짝였다. 생은 이토록 징그럽고 아름답다.

양파와 빛의 소묘

엄마와 할머니가 앉아 양파를 깐다. 할머니는 언제부터
인가 했던 질문을 또 한다. 할머니의 이상한 질문에 모두
대답해주는 엄마가 이상했다. 나는 대수롭지 않게 냉장고
앞으로 간다. 할머니가 담가놓은 장아찌를 손가락으로 집
어 먹는다.

"엄마, 여기에 설탕 넣었어? 왜 이렇게 달아?"

"아, 엄마는 정말 맛있던데."

엄마는 할머니가 듣게 또박또박 크게 말했다.

보청기를 끼지 않아 귀가 어두운 할머니는

엄마의 말은 들었을 것이고, 내 이야기는 듣지 못했겠지.

"엄마, 여기가 어디야?"

할머니는 이렇게 묻는 엄마를 한참을 물끄러미
바라보더니 씩 웃었다.

"엄마, 내 이름은?"

"삼선아, 삼선아."

할머니는 삼선아, 삼선아 불렀다.

엄마는 조용히 떨리는 목소리로 따라했다.

자기가 듣게 삼선아, 삼선아 하고.

엄마는 양파가 매웠는지 눈을 훔쳤다.

나는 어린아이같이 행동하는 할머니가 마음에 들지 않아
문을 세차게 닫고 나와버렸다.

겨울 볕과 일몰이 겹쳐진 겨자색 하늘을 그대로 바라
보고 있었다. 할머니의 기억이 점점 꺼져가고 있다는 것
과 그 모습을 보고 슬퍼하는 엄마의 모습이 시든 햇볕에
아른댔다. 아까 양파를 만져서인가 오른쪽 눈이 따끔거렸
다. 빛, 눈빛, 사람의 마음을 볼 수 있게 하는 유일한 물질,
빛으로 무엇이든 그릴 수 있다는 생각.

슬픔이나 사랑 같은 단어 따위들로 인간의 감정을 담아

내고 설명할 수 있다는 말에 나는 혼자 멈춰 서서 쓴웃음을 지을 수밖에 없었다. 그리고 내가 가진 전부에 대해서 생각했다.

시가 나의 안부를 물을 때

　펜을 들고 사랑의 시절을 쓴다. 두꺼운 고드름은 햇살에 날을 세우고, 휘갈겨 쓴 눅눅한 일기장, 안데르센의 『눈의 여왕』, 짧아진 연필, 김장하는 엄마와 할머니, 담장 들장미들의 연둣빛 가시, 할머니의 때를 미는 엄마의 등허리, 시절을 돌이킬 수 없다는 걸 깨닫는 순간, 할머니의 은백색 요강, 생명을 가진 모든 것들은 사라진다는 사실, 끝이 없다고 생각하는 마음들, 한 사람에게 하나의 삶만 주어진다는 것, 대부분의 사람들이 모르고 지나가는 제일 빛나는 한때.

나의 두 눈에서 눈물이 쏟아질 것 같은

해가 저무는 방향으로 걸터앉는다.

나를 울리는 것들을 아주 천천히

곱씹으면서,

한 시절을 울어보기도 하면서.

슬픔은 비 내리는 동사

비 오는 날이면 나는 내가 살아 있다는 사실과 흘러간다는 동사에 대해 생각하게 된다. 슬픔은 동사를 닮아 있다. 끝없이 움직이는 것, 지금 무엇을 해야 하는지 계속해서 흔들리게 만드는 것, 은빛의 사슬 안에서 끝없이 이어지는 것. 사슬의 시간이 여름 끝으로 닿을 때, 나뭇잎에서 미끄러지는 빛, 빛으로 호흡하는 마음을 배우고 싶고, 흔들리는 수초에게 물속에서 가만히 있는 법을 배우고 싶다. 생의 기쁨은 발목에 차오르는 빗물을 그대로 맞는 것. 그래서 흘러가게 두는 것. 그래서 하찮기도 한 것. 발목 사이로 흘러 나가는 순간의 비, 빛들. 비는 슬픔과 닮아 있다. 동그란 공처럼 튕겨지고 사람들은 그것을 줍는다. 그런 순간에 모두 공평하게 슬픔에 젖고 사라지고 흩어지고 흘러간다. 이 세상을 떠난 사람들이 물 위를 걷는 상상을 하곤 한다. 비와 슬픔으로 가득 찬 꿈의 공간으로 끝없이 함께 걷고 싶은.

돌의 시간

수야, 내가 보고 느끼고 만지는 건
모두 살아 있을 때 가능한 것이겠지.
한 시절을 함께하고 사랑하고
우리를 울게 했던 기억들은
쌓이고 쌓이는 돌의 조각.
마음이 마음을 이루다가 생기는 틈,
들어오는 은백색 씨앗들.
우리는 언젠가 헤어져야 한다는 것을
모르는 듯 살아.
왠지 모르게 영원한 것들이 아니라고 느껴질 때

어느새 다 꽃이 피어 나이가 들어버리게 되는
시간의 세례를 경험하는 인간들이니까.

우리가 살아 있는 동안은
돌아오는 나무의 시간이었으면 좋겠어.
우연히 길을 가다가 마주칠 수 있는 느티나무의
푸른 열매들의 시간이었으면 좋겠어.
돌아보면 그리운 날들이 모두 잊히지 않았으면 좋겠어.
먼 계절을 먼저 달려간 네게 미안해지지 않게
지나가다 차버린 돌멩이였으면 좋겠어.
아무렇지 않은 척 툭, 툭 놓아두는 것이라면 좋겠어.
누군가 와서 그렇게 살아도 된다고
아무도 보지 않는 곳에
어디로든 굴러다녀도 된다고 그랬으면 좋겠어.

금지된 약속

방학이 되면 늘 할머니와 함께했다. 불장난을 하면 오
줌을 싸게 될 거라는 할머니의 말이 우스웠다. 안방에서
라이터와 종이를 들고 앞산으로 향했다. 종이가 타들어가
는 동안 숲의 모든 것들이 움직이기 시작하는 듯했다. 나
는 갑자기 두려워져 강아지풀이 우거진 숲으로 라이터를
던져버렸다. 나는 밤에는 휘파람을 불며 뱀들을 불러 모
았고, 세우지 말라는 베개는 꼭 세워보았다. 베개 속에 있
는 서리태들이 알알이 새어 나오면 창밖으로 던지며 놀았
다. 문지방은 항상 밟고 다녔고 손톱은 깎아서 아무 곳에
나 버려두었다. 할머니 집에서 홀로 남겨진 것에 대한 반

항이었는지 하지 말라는 것은 모두 골라서 했다.

지금은 문지방을 밟지 않게 조심히 다니고, 손톱은 한 곳에 모아둔다. 베개는 가지런히 베고 눕는다. 나는 이상하게도 할머니가 내 귀에 대고 조곤조곤 말하던 금기들을 지키며 산다.

애
도
의
숨

체온을 재고 조문객 없는 빈소에 들어갔다.

애도의 시간조차 허락되지 않는다고 해도

우리가 인간으로서 인간의 마음을

가질 수 있는 순간은

오롯이 한 사람의 슬픔을 기도할 때.

신에 대한 기도가 아니라

깊은 곳까지 숨어 있는 그 사람의 슬픔을

이 세상에서 지워지지 않게 할 때.

우리는 끝없이 애도해야 한다.

인간다움이 무엇인지 잊지 않기 위해서

슬픔과 마주 보며 우리가 인간임을 알기 위해서

그 사람의 빈집까지 사랑하기 위해서

죽음 또한 썩어 없어지는 것이 아니라

우리의 다른 일부임을 인정하기 위해서.

그건 인간이 인간에게 할 수 있는

가장 초라하고 위대한 초능력일지도.

나의 모든 것들을 잃는 순간이 오면

나는 알게 되겠지.

사랑을 시작하는 순간을 이별하고 있는 순간이라고

부를 수 있는 시간에 대해서.

살아 있다는 건 결국 울어야 아는 일이라고.

한 사람을 위한 애도는

그 사람의 숨이 꺼지지 않게

내가 사라지지 않게

우리가 숨을 쉬게 만드는 힘이라고.

사라지는 것의 발목을 끝까지 붙잡아두는 일이라고.

독감

오늘만 지나면 된다고
흰 밤을 생각할 때면

꿈에서 만난 너는
내 이마에 손을 얹었다.

곧 나을 거라고 했다.

양치기 소년들은
밤에
양 떼를 부르고
꽃은 달리지 않네.

그때의 내가 그리웠는지
그 시절 꽃으로 들어가
잠이 들었다.

나
의
서
른

보고 싶은 마음을
눈 내린 나뭇가지 위에 올려두었습니다.

눈이 하염없이 쌓이는 동안
귀엣말을 나누는 연인들이
지나갔고

머리 위까지
쌓인
흰 눈 털어내는

소리를

한참이나 듣고 있었습니다.

오후, 새 점을 치다

나는 장날마다 십자매 할머니를 보러 갔다. 할머니는
내 검지에 십자매 여러 마리를 올려놨다. 오래도록 사람
손에 길든 탓에 십자매들은 쓰다듬어도 얌전했고 손등 위
에 가만히 있었다.

"오늘 새점 한번 볼텨?"

흰 십자매가 꼬깃꼬깃 접힌 점괘를 물고 왔다.

쪽지를 펼쳐보니 "귀신이 온다"라고 적혀 있었다.

"할머니, 여기 귀신이라고 적혀 있어요."

"이놈아, 귀신이 아니고 귀인."

귀신은 마치 귀의 신 같기도 했고,

나를 지켜주는 천사일지도 모른다는 생각이 들었다.

새가 물어온 점괘 때문이었을까.

그 점괘의 글씨들만 떠올리면

내게 정말 귀신처럼 왔다 간

귀인들과 천사들이 떠올랐다.

십자매들의 가느다란 발에서 내 손가락 끝으로 전해지는 미세한 온기를 잊을 수 없다. 새가 물어온 작은 울음소리와 발톱 끝으로 쪽지를 건네준 작은 온기. 작은 천사가 내 손끝에 입김을 불어준 것 같은.

마지막으로 십자매 할머니를 보았을 때, 할머니는 더 많이 늙었고 등이 굽었다. 새장에는 한 마리의 십자매만 남아 있었다. 나머지 십자매들은 어디로 갔을까. 할머니는 지금쯤이면 돌아가셨을까, 아직 살아 계실까, 할머니와 십자매들이 지저귀는 언덕이 문득 궁금해진다.

신이 사랑하지 않는 사람들

신에 대한 토론을 한 적이 있다.

그녀는 떠난 엄마가 더 이상 궁금하지 않다고 했다.

오른쪽으로 매고 있던 가방에 성경을 쑤셔 넣었다.

"신이 정말 있다면, 내게 이런 슬픔들이 가능한 거야?"

"그런데 신이 없다면, 그러니까 천국이 없으면 너무 슬프잖아."

"슬프면 어때서?"

"그러니까 인간은, 알아야 한다고 생각해. 한동안 네가 전부를 걸었던 것에게 언제고 다시 버려질 수 있다는 걸. 우리는 끝없이 버려질 테지만, 그 자리로 돌아와 다시 사랑하고 만다는 걸. 신이 우리를 그 자리에 앉히는 거야."

"그걸 믿으라는 거야? 그건 믿음이 있어야 가능한 거지. 신이 사랑하지 않는 사람도 있는걸."

그녀는 십자가가 달린 은색 팔찌를 빼 그에게 건넸다.

앙상한 나무들이 한눈에 들어왔다.

"신 같은 건 없어. 신이 사랑하지 않는 사람은 있겠지."

그녀는 교회에 나오지 않을 거라며 돌아섰다.

그는 신이 사랑하는 사람들의 얼굴을 떠올려보았다.

귀
의
미
로

듣는다. 브이 자로 날아가는 새들의 행렬을. 구름 속에
숨겨놓은 발자국들을. 내가 듣고 싶은 것들만 들을 수 있
다면 얼마나 좋을까. 우리는 모두 듣는다. 내 앞에 놓인 것
들을 듣는 운명. 그러한 면에서 두 귀를 가진 인간은 사실
모두가 특별하면서 특별하지 않다. 내게 들리는 것은 들
리는 대로 있어야 한다. 고요를 받아들이는 귀의 모양은
미로의 모양 같다. 출구와 입구가 뻔히 다 보이지만 빠져
나올 수 없는 미궁이기도 하다. 그곳에 한 사람이 보인다.
흩어지고 모여드는 둥근 그림자를 끌고 걸어가는 사람.
일정한 방향으로 열리는 창을 열고, 영원히 빠져나올 수

없는 두 개의 밤과 아치형 빛의 터널 사이에서 우리는 꿈을 그리워하고 꿈을 듣는다. 귀는 사람에게 세상의 시작이자 세상의 끝이라는 생각이 든다. 나의 귓불 끝에 고요가 깃든다.

여름비로 눅눅해지는 여름이었다.

그녀는 커피 잔에 담배를 끄며 말했다.

"떠날 거야."

"어디로?"

"어디로든."

"너무 멀리는 가지 마."

그녀는 열린 창문 위로 그대로 커튼을 쳤다.

"너는 이상해."

"뭐가?"

"싱겁잖아. 됐고, 넌 죽으면 뭐가 되고 싶어?"

"나는 구름 같은 거."

깊어지는 구름들,

눈물을 쏟아낼 것 같은

플라타너스잎,

그는 불안했다.

이 여름비가 모두 쏟아지면 끝나겠지.

구름은 계속 지나갔다. 그녀의 등 뒤로

구름 사이 삐져나온 여름빛들이

과일 껍질처럼 반짝였다.

그는 눈부심으로 울 것 같기도 했는데

울고 싶지 않았다.

지나가는 구름, 흩어지는 구름,

시간이 많이 지난 구름,

여름의 나무들이 완전히 연두색으로 바뀔 때까지

기다리는 구름,

그는 그녀가 여름빛을 손차양으로 가린 모습을

떠올렸다가

흘러가는 구름, 하고 발음했다.

두 가지의 마음

그와 그녀는 해송 숲을 거닐었다.

그는 머리카락 같은 미역 줄기를 한 움큼 쥐어 들었다.

바다 위로 비친 겨울 볕이

빛으로 만들어진 송사리 떼 같았다.

그녀는 미역 줄기를 부수며 말했다.

"사람은 두 가지의 마음으로 살 수 있어.

아름다운 장면을 보면서 슬픈 일을 생각한다거나

슬픈 장면을 보면서 아름다웠던 기억을 떠올린다거나.

사랑도 똑같아. 그래서 사랑하면서도

언제든 떠나갈 수 있어."

적막 속의 해송 숲을 걸으면서 숲의 끝에는 아무것도
없을 거라는 생각이 들었다.

해송 숲을 모두 걸으면 결국 끝이 나겠지만.

마른 조가비들이 툭툭 발에 챘다.

어스름이 내린 밤의 가장자리 아래

나는 반짝거리며 부서지는 그 장면이 좋았다.

한 사람을 위해서 마음을 다 쓸 때까지

옆에 있어줘야 그것이 사랑이라고 생각했지만

사랑하면서도 언제든 떠나갈 수 있다는 건

결국 사랑하지 않는 걸까.

어떻게 날 버린 마음까지 사랑할 수 있을까?

사람은 아름답고 쓸쓸한 마음을 가지고 살아가니

온전히 사랑을 사랑이라고 말할 수 없는 이유는

사랑과 울음은 언제나 한 몸이니까.

이룰 수 없는 꿈과 같은 거니까.

그래서 걸을 때마다 찍히는 사람의 발자국과

마음은 두 개인 걸까.

사랑의 발견

묘묘와 내가 자주 가는 비밀의 통로를 지나칠 때면 갓 자른 망고 냄새가 났다. 나무들이 만든 아치형 동굴 속으로 보폭을 낮춰서 들어가면 나무들 사이에 거미줄로 만들어진 창이 보였다. 칠 미터 정도를 뚫고 한참 지나가면 머리엔 거미줄이 감겼다. 출구에 다다르면 느티나무들이 가득 찬 비밀의 숲이 나왔다. 그 숲에 들어가 나는 묘묘와 누워 알지도 못하는 릴케 시집을 읽었다. 나는 그곳에서 자주 묘묘의 발바닥 냄새를 맡았는데 갓 찐 옥수수 냄새가 나는 것 같아서 금방 배고파졌다. 뭉글뭉글한 술 빵 같은 것들을 떠올리면서 묘묘의 발바닥을 꼬집기도 했다. 집에 아무도 없는 여름밤이면 묘묘와 나는 손전등을 들고 먼동이 틀 때까지 숲속에 있었다. 새벽이 오기 전의 여름 숲 냄새는 내가 사용할 수 있는 남은 사랑이 얼마큼 있을지 궁금하게 했다. 나는 상상해낼 수 있는 모든 그리운 것들을 떠올렸다. 묘묘의 발바닥과 언뜻언뜻 비슷한 할머니 냄새, 나를 슬프게 하는 계절의 손짓들. 이 세상의 어떤 냄새보다 아름다운 냄새, 냄새가 불러오는 슬픔들. 나는 냄새로 그것들을 쫓다가, 천천히 둘러보고, 손전등으로 나의 기억 안에서 잠자는 것들을 하나씩 비춰보았다. 이것이 내가 살아 있어야 하는 유일한 발견. 사랑은 살아 있을 때 가능해지는 단순하고 아주 간단한 마음으로 존재한다. 빛이 있을 때만 살아 있는 존재라는 것을 나는 안다. 고요가 만든 초목의 들판을 더 숨죽여 걸어 들어간다.

살아 숨 쉰다는 것은

고양이가 죽어가고 있다. 트럭이 치고 간 모양이다. 배를 쓰다듬어보니 아직 보드랍다. 손바닥에 핏물이 젖는다. 몰아쉬던 숨이 끊길 듯 말 듯, 그 위로 햇살이 묻은 꽃잎이 날아갈 듯 말 듯 나방처럼 붙어 있다. 옆에서 졸고 있는 느티나무 잎들을 하나씩 잡아당기면 주홍색 봄볕이 일렁거린다. 나른한 오후가 한낮의 졸음으로 쏟아진다. 나는 묘묘를 안고 잠들었던 기억이 났다. 묘묘가 무릎을 꿇은 내게 안겨 유리창에 반사되는 빛들을 함께 바라보는 순간들. 끝없이 쏟아지는 검은빛과 엎질러진 고요 앞에서 겸손해진다. 우리는 매 순간 태어날 수 없는 것이니까. 둘이 함께 살아 숨 쉰다는 것은 이렇게 가만히 안고 있는 마음이라지. 신이 인간에게 준 선물이라면 잠과 잊음이겠지. 마지막 순간을 여러 번 떠올려도 나의 크고 작은 기억들은 결국 어둠이 다 갚아서 낡고 가는 빛으로 이파리들의 아랫면에서나 발견되겠지. 인간이 인간으로서 견딜 수 있는 마음은 잊을 수 있는 마음이 있기 때문이겠지. 우리 사랑이 사랑을 멈출 수 없으므로. 우리는 고양이가 아니니까. 내가 사랑했던 이름들에게 안겨 잠들고 싶은 봄날.

정미를 비밀 오두막집으로 데려간 적이 있다. 하늘색 칠이 다 벗겨진 문이 보이고, 테이프를 엑스 자로 붙인 창문에는 능소화들이 늘어져 있는. 오두막 입구에는 앵두나무 한 그루가 있었는데, 앵두나무는 온전히 나의 것이었다. 정미를 앵두나무 곁에 두고 나는 옆에 앉아 릴케의 시집을 읽었다. 오른손이 약해 책을 들 수 없는 정미가 물끄러미 나를 쳐다보다가 발끝으로 떨어진 앵두알들을 건드렸다. 붉은 앵두알과 연두색 잎들이 정미의 귀밑머리 옆에서 흔들렸다.

"신기해. 어떻게 이런 색들이 나오지?"

"더 신기한 거 알려줄까?"

"뭔데?"

"나 빨간색이 초록색으로 보여."

"그럼 앵두도 초록색이야?"

"그럼."

정미가 가지고 있는 슬픔의 색들은 무슨 색일까. 햇살에 눈 뜰 때 작게 보이는 앵두알이 인간의 전부라는 생각. 작고 붉은빛들로 모여 있다가 터지고 말면 그만인.

정미는 쪼그라든 앵두알을 집었다.

"앵두 같은 입술이라는 말은 있잖아, 그럼 앵두 같은 눈은 없나."

"글쎄, 울 때 눈이 붉어지니까. 그게 더 가까운 말일지도 모르겠다."

"기쁜 일이지, 너무 많이 알지 않는 것도."

나는 인간의 감정을 만져볼 수 있다면 매끄럽고 반짝이는 기쁨보다 쪼그라든 마른 앵두의 표면에 가깝다는 생각이 들었다. 우리는 해거름이 숲의 눈꺼풀을 닫을 때까지 앵두의 끝 맛을 음미하며 놀았다. 떫고 달큼한 맛, 언제인가 서랍 속 일기장처럼 꺼내고 싶어서 나는 잊지 않으려고 꾹 입을 닫았다.

우리는 앵두나무 아래서 기다리지 않아도 반드시 찾아
오는 것들을 생각했다. 사랑을 모두 불태우고 남은 재는
아무리 태워도 다시 타오를 수 없다는 생각. 사람의 눈동
자가 붉게 물드는 것을 상상하면서, 살아 있으려면 우리
는 어떤 보호색을 가지고 있어야 하는지 궁금했다. 떨어
진 앵두알이 우리의 잃어버린 색 같았다.

4부

남은 꿈

: 우리는 다시 쓰일 수 없는 기적

다시 쓰일 수 없는 기적

우리의 시간 대부분이 아주 특별하지 않은 것으로 이루어져 있다.

공기와 빛, 빗물,

매일 흘러내리는 꿈,

그리고 그것을 바라보는 사람의 마음.

사실, 사람의 마음도 그렇게 특별하지 않다.

오늘 무엇을 먹어야 할지

내일 받은 월급으로 적금을 얼마나 넣어야 하는지

부모님께 용돈을 얼마 드려야 하는지

얼마 전 헤어진 애인과 재회를 꿈꾸고
밀린 고지서를 우편함에서 꺼내고
내일이 불안할 때 오늘은 혼자 집에서 맥주를 마실까
이제 살 수 없는 집값을 가늠해보다가
늙은 개와 산책을 나가는 노부부를 보는 일.

인생은 아주 초라하면서 아주 특별한 꿈을 사는 것.
보이지 않는 슬픔의 물속에서
나의 세상으로 걸어 나가는 것.
내 슬픔의 걸음이 느린 것은
태어나서 매일 처음을 만나기 때문.
그대의 오늘과 내일은 같은 날이 없고
모든 것이 처음으로 시작된다.
시간은 멈추지 않고 처음으로 흐른다.
다시라는 단어가 없는 시간 속에서
매일을 시작하는 처음을 가진 그대는
잊지 말기를.
우리는 다시 쓰일 수 없는 기적이라는 걸.

완벽한 과거형

아침은 아무렇지 않게 시작된다. 국을 데워 먹고, 유리
잔엔 오늘의 날씨. 문득, 거리를 걷다가 그 사람에게 미안
했다. 나의 마음이 무뎌져 버린 것에 대해. 사랑이라고 말
할 수 없음에 대해. 더 이상 마음을 쓰지 않아도 되는 것에
대해. 나의 온전한 일상으로 돌아온 것에 대해. 완벽히 사
랑을 과거형으로 쓸 수 있는 순간에 대해. 일상적이고 아
주 사소한 순간 안에서, 모든 것은 한순간 시작된다. 걷다
가 지붕 위의 풍향계를 바라본다. 잊히는 것들은 또 다른
시간에 밀려 흘러가고, 그 순간에 매달려 있는 우리들.

유실된 사랑과 남은 꿈

그는 그녀와 이어폰을 나눠 꽂았다.

"난 꿈을 꾸어요, 꿈이 아니라 기억."*

밤 기차 유리창이 덜컹일 때마다

유실된 기억들이 흩어졌다가 모이는 것 같았다.

같은 장면을 바라보던 둘의 눈길이 모인 유리창에는

그가 입은 하얀색 셔츠가 보였고

그녀는 이어폰을 빼며 물었다.

"사람에게 기억이란 게 뭐야?"

"잃는 거."

"응?"

"빈 소라 껍데기, 처음부터 아무것도 들어 있지 않은 거."
잠이 왔다.
밤 기차 검푸른 창밖, 아직 도착하려면 먼 새벽은
와닿지 않는 위로 같았다.

사랑을 하고 있는 사람은 정작 사랑에 대해서 모르다가
그 사람을 잃고서야 사랑을 제대로 알게 되는 거라고,
그제야 그 속을 열어볼 수 있는 힘이 생기는 거라고.
그는 생각에 잠겼다.

행복한 순간들은
돌아오지 않는 기차의 뒷모습처럼.
늘.

* 조동희, 〈바다로 가는 기차〉

도토리를 줍는 숲

폭설이 내리면 묘묘 생각이 먼저 났다. 묘묘에겐 내가
오래 입었던 옷 더미뿐. 묘묘가 얼어 죽지는 않을지 걱정
되었다. 사람이 다니지 않는, 묘묘의 오두막집으로 가는
길에는 도토리나무와 상수리나무가 많았다. 발길마다 도
토리가 차였다. 나는 간혹 보이는 오색 무늬 다람쥐들이
생각나서 도토리들을 주워 담은 밥그릇을 나무 사이에 끼
워놓았다. 그럼 다람쥐들이 양 볼 가득 가져갔다. 묘묘를
재우고 돌아가는 길, 나무를 타고 오르다가 자꾸 떨어지
는 다람쥐를 발견했다. 자세히 보니 꼬리가 반쯤 잘려 있
었다. 다람쥐의 이름을 토리라고 붙여주고 오두막 안으로

데려왔다. 토리는 나의 손길을 잘 탔다. 다행히도 묘묘와
도 잘 놀았다. 봉지에 라면 면발을 챙겨서 줬더니 앉아서
잘도 먹었다. 나는 토리가 편안하게 잘 장소를 만들어주
기 위해 버려진 새장을 주워왔고, 용돈을 모아 쳇바퀴도
달아주었다. 무서운 꿈을 꾸지 말라고 자장가도 불러주었
다. 허리를 굽혀 눈 속에 파묻힌 도토리를 주울 때마다 토
리를 생각했다.

　하늘이 배경으로 깔린 검은 숲속에서 작은 그림자들이
움직이는 것 같았다. 조그만 톱니바퀴처럼 규칙적으로 고
요를 불러 모으는 듯, 슬픔은 각자의 계절 속에 있고, 그
계절 속으로 나는 들어갈 수 없고. 나의 작은 다람쥐야, 우
리를 엎드리게 하는 마음이 이렇게 작고 사소한 일이라
니. 도토리를 주워 호, 하고 불어 다람쥐에게 건네는 평화
로운 저녁, 나는 작고 부드러운 다람쥐의 머리를 쓰다듬
으며 슬픔의 크고 작은 모양들이 도토리처럼 주워 담을
수 있는 것이라면 좋겠다는 생각이 들었다. 추운 계절은
뭉쳐 있는 우리 셋을 밀어내지 못했다.

엄마의
일기
4

오월이 오면 감꽃을 주웠다. 새벽부터 감꽃을 주워 목
걸이를 만들었다. 하나씩 따 먹으면 감꽃 향이 입가에 맴
돌았다.

산에 가 할미꽃을 데려왔다. 오래 살지 못하고 시들어
죽었다.

◢

　장난감 살 돈이 없어 우리는 새총으로 놀았다. 그러다
한 친구가 쏜 돌이 영희 눈에 맞아서 피가 났다. 영희를 데
리고 보건소에 갔다. 한쪽 눈이 잘 안 보인다고 했다. 영희
가방을 내가 대신 들고 학교에 갔다. 영희가 웃었다. 한쪽
눈이 잘 보이지 않는 게 오히려 세상을 아무렇지 않게 살
아가도록 하는지도 모른다. 그런 생각을 했다.

◢

　검정고시 학원을 등록하고 돌아오는 길이었다. 내가 동
생들 공부도 책임져야 했다. 아버지 없이 방앗간을 운영
하는 엄마가 많이 아팠다. 방앗간이 망했다고 했다. '그래,
돈이 많이 모였으니 이제 떠나야지' 하고 생각했다. 엄마
가 아궁이에 버렸던 교복이 가물거렸다. 나는 대구행 열
차에 몸을 실었다. 물 없이 삶은 계란을 입에 쑤셔 넣었다.
그래도 목이 메지 않았다.

◢

　옷감을 떼서 만드는 가내 수공업이 인기였다. 가만히

있을 정삼선이 아니다. 가내 수공업을 할 수 있는 회사 리스트를 받아 사장님들께 구구절절 편지를 썼다. 답장 오는 사장님은 딱 두 분이셨는데, 그중 한 분이 대구 달성군 공장으로 오라고 했다. 그곳에서 일본으로 수출하는 기모노 옷감을 떼서 파는 방법을 배웠다. 운전 면허증이 필요했고 그날 바로 운전 학원에 등록했다. 그리고 트럭을 빌려 동네 아줌마들을 모집했다. 돈이 잘 벌렸다. 동생들 공납금을 주고, 엄마에게 생활비를 드렸다. 사 년 정도 남부럽지 않게 돈을 벌었다. 갑자기 사장님께 전화가 왔다. 다른 사람들 돈은 못 주어도 정삼선 아가씨 돈은 꼭 주어야겠다고 빨리 오라고 했다. 대구 본사로 갔다. 공장이 부도가 났지만, 일한 것 전부 계산해서 받을 수 있었다.

집으로 오빠 친구가 찾아왔다. 오빠 차가 고장 났으니 수리비 십만 원이 급하게 필요하다고 했다. 전화가 없어서 연락할 길이 없었다. 나는 우체국으로 가서 돈을 건네주었다. 두 시간 정도 지나서 오빠가 트럭을 몰고 집으로 왔다. 뒤늦게 사기를 당했다는 것을 알았다. 누군지도 모르고 돈을 건네준 내가 너무 바보 같았다. 수소문 끝에 오빠와 함께 집 주소로 찾아갔다. 판자로 만들어진 집이 금방이라도 부서져 버릴 것 같았다. 그곳에서 우리 돈을 가져간 사람의 아버지를 만났는데, 오빠를 반갑게 맞아주었다. 그는 아들 녀석이 자기 엄마 수술비를 구해 와서 다행이라고 말했다. 우리는 돈도 못 받고 되레 콩나물과 두부 두 모를 주고 왔다. 오빠와 트럭을 몰고 집으로 가는 길, 바퀴가 너무 덜컹거려 멀미가 났다. 조금 슬펐지만 그냥 웃어버렸다.

◢

나는 살고 있는 이유에 대해 스스로 물었다. 죽은 엄마와 아버지를 떠올리며 꿈을 꾸었다. 죽은 언니가 웅크려 있었다. 일어나라고 언니를 흔들어 깨웠다. 언니는 내가 더 행복하게 살았으면 좋겠다고 중얼거렸다.

두 눈이 둥근 이유

　인간에게는 한번 깨지고 나면 쓸모없는 유리들과 다르게 울어도 울어도 깨지지 않는 맞춰지지 않는 조각이 있다. 인간의 두 눈동자, 눈물은 둥글어야 한다. 우리를 아프게 찌르는 것들에게 찔리지 않게. 둥글게 빛을 그리며 증발해야 한다. 둥근 인간의 창문은 가장 불투명하게 슬플 것. 신은 우리를 끊임없이 저울에 올리고 떨어트린다. 한 번의 깨짐을 위해서 사랑이라는 새들이 찾아와 우리의 영혼을 넘어뜨린다. 빗속에서 울기도 하며 일어서기도 하면서. 둥근 유리는 쉽게 깨지지 않으니 우리는 단단한 슬픔을 한꺼번에 울 수 없다. 두 눈은 더 잘 울기 위해 깜빡일 뿐.

마음의 비밀

고등 속에 혼자인 너를 사랑할 수 있겠다. 혼자서 물 숨을 뒤척거리다가 그대로 나를 떠나보내도 좋겠다. 얼음으로 잠긴 물속에서 쩍, 쩍 슬픔으로 갈라지는 나를 보았다면, 사랑으로 번져가는 나를 보았다면, 아무 기대도 없이 숨죽여 꽃가지들을 놓듯 툭, 툭 떨어지는 일뿐. 머리 위로 비친 그림자는 외롭다고 말할 뿐. 원래 혼자였다고 말할 뿐. 그 마음이었을 뿐.

끈

수야, 나의 잘못을 하나 고백하려고 해.

내가 구하지 못한 검둥이 이야기야.

우리 옆집에는 키 작은 난쟁이 아저씨와

얼마나 까맣던지 밤에는 아예 보이지 않던

삼 개월쯤 된 검은 강아지가 있었어.

매일 같은 자리에 묶여 있던.

나는 옆집에 사는 검둥이와 눈을 마주치며 쓰다듬고

오늘은 무슨 일이 있었니, 묻곤 했지.

검둥이 너는 마치 성문을 지키는 문지기 같았어.

걸려 있는 목줄을 풀면

변방의 검은 천사처럼 날아갈 것 같았지.

네 옆에 자라 있던 앵두나무들이

미친 듯이 앵두들을 달아놓던 팔월,

몰래 너를 풀어주고 싶어졌어.

옆집 아저씨가 한참 보이지 않았으니까.

하지만 어디로 데려가야 할까.

우리 집에는 방이 한 칸뿐인데.

나를 주인처럼 반겨주는 네가

나의 슬픔들을 핥아주는

가을이 들어설 무렵,

나는 묘묘를 데리고 산책하러 나가는 중이었어.

다리 밑에 아저씨들이 둥글게 모여서

너를 거꾸로 매달아놓았어.

그러곤 살아 있는 너를 마구 두들겼지.

숨이 멎는 것 같아서 나는 실눈을 뜨고

묘묘의 눈을 감겼어.

어제 너의 목줄을 풀었어야 했는데.

혼나지는 않을까,

남의 강아지를 내 마음대로 해도 될까,

여러 가지 이유를 늘어놓으며

난 그곳을 천천히 빠져나가려고만 했어.

두려웠던 거야.

매달려 있는 줄이 끊기고

도망가는 너의 뒷모습을 멍하니 바라만 보고 있었어.

피를 질질 흘리며 가는 모습에

내 온몸은 떨렸지만

나의 고양이를 쓰다듬으면서

너는 나의 고양이라서 다행이야,

우리는 살아 있어서 다행이야,

되뇔 뿐.

차라리 한 번에 죽여버리지.

수야, 오늘 꿈에는 검둥이가 나왔으면 좋겠어.

자꾸 아쉽게 떠나버린 삶들을 생각해보게 돼.

어느 겨울을 지나 알 수 없는 시간을 서성이다

저 멀리서 내게 달려오길.

그때는 마주 앉아

가만가만 쓰다듬어줄까.

무작정 경주로 향했다. 매일 술에 취한 남편이 싫었고 엄마가 보고 싶었다. 경주에 도착하니 열두 시가 넘어 있었다. 엄마는 지금 이 시간에 내가 왜 여기 왔는지 아무것도 묻지 않았다. 처녀 시절에 썼던 방에 가서 한참을 엎드려 울었다. 자꾸만 나 혼자 있는 기분이 들었다. 시간을 되돌릴 수 있다면 아버지가 자전거에 나를 태우고 방둑을 달리던 그날로 돌아가고 싶었다. 결혼을 하지도 않았고 아이들을 낳지도 않았고 그저 아버지의 등허리에 기대어 눈깔사탕을 꼭 쥐고 있던 소녀의 삶으로 돌아가고 싶었다. 그날 밤, 나는 내 방으로 들어가 나오지 않았다. 다음 날, 엄마는 김치와 반찬을 내밀었다. 정 서방 가져다주라고. 이제야 알겠다. 딸의 눈을 제대로 보지 못하는 엄마의 마음은 어땠을까. 나는 어떻게든 아픈 남편을 데리고 살아야겠다고 결심했다.

🕊

나는 아이들을 봐줄 사람이 아무도 없었기 때문에 마음대로 일자리를 구할 수 없었다. 뒤늦게 땄던 졸업장이 무색했다. 아이들을 데리고 바닥에 떨어져 있는 못을 날마다 주웠다. 생각보다 돈이 되었다. 고물 장수 아저씨에게 팔면 삼천 원을 준다. 못을 주우러 다니다가 못을 밟아버렸다. 아프지 않았는데 눈물이 왜 쏟아졌는지 모르겠다. 나는 내일도 다음 날도 나가서 돈을 벌어야 한다. 파상풍에 걸리지 않게 해달라고 기도했다.

🕊

시장 과일 가게 아저씨에게 썩거나 상처 난 과일이 없냐고 물었다. 집에 있는 토끼를 준다고 거짓말을 했다. 썩은 부분은 도려내고 감쪽같이 깎아서 아이들에게 준다. 시장에선 나를 토끼 아줌마라고 부른다. 오후 세 시쯤이면 부추 부침개를 만들어서 드렸다. 콩나물 파는 할머니, 배추 파는 아저씨, 복숭아 파는 아줌마. 그러고 나면 내 양손에는 과일 냄새로 가득했다. 사람들은 알까. 썩은 과일 향이 더 향긋하다는 걸.

"꽉 잡아, 넘어지면 큰일 나니까." 눈구름 속에 구멍이 났는지 함박눈이 쏟아졌다. 네 살 아들과 다섯 살 딸을 뒤에 태우고 시장으로 간다. 돌아오는 도중에 눈에 미끄러져 셋이 한꺼번에 엎어져 버렸다. 양쪽에 실어둔 과일들이 길거리에 널브러졌다. 딸이 벌떡 일어나 엎어진 나의 손을 잡는다. 아들은 자전거를 일으켜 세우려고 애를 쓴다. 넘어지는 순간 아이들이 다칠까 봐 내 몸을 바닥 쪽으로 던지는 바람에 허벅지 한쪽이 찢어지고 멍이 들었다. 울고 싶었지만 아이들 앞이어서 울음을 삼켰다. 엄마에게 피가 난다며 아들이 울었다. 나는 아이들을 껴안으며 말했다.

"뚝, 세상에 울 일이 훨씬 더 많지. 이건 하나도 아픈 일
이 아니야."

　수, 오늘 나의 하루는 조금 벅찼어. 아무리 열심히 써도 당선 소식은 들려오지 않고, 시를 쓰는 게 맞는 건지 모르겠어. 움직여라, 긍정적인 생각을 해라, 최고보다 최선을 다해라. 이런 말들로 어지러운 나를 두고 엄마는 내게 슬픔을 알려줬어.

　슬픔은 가끔 너의 편이기도 해. 너의 슬픔 안에서 네가 천천히 걸어 나오기까지 언제든 기다려줄게. 네가 뭘 해야 도움이 되는지 엄마가 알면, 별도 따다 줄 수 있어.

엄마는 알았던 거지. 슬픔에게 넘어졌을 때 일어서는 방식은 사람마다 다르다는 걸. 내 안에서 흘러가는 슬픔들은 내가 제일 잘 알 거야. 그러니까 타인의 슬픔에 대해서 함부로 말할 수 없어. 타인의 고통은 그저 추측할 수 있을 뿐. 슬픔은 운명 같은 걸까. 극복하는 단 하나의 방법은 그걸 온몸으로 받아들이는 거야. 큰 파도가 일어나서 나를 집어삼켜도 마주 서보는 거야. 그대로 두어야 할 때도 있어. 원래 슬픔은 이해할 수 없는 거니까. 익숙한 날들을 지나가는 거라고, 내 슬픔의 리듬으로 흘러가게 내버려두면 되는 거라고. 그리고 나의 기분대로 말해보면 되는 거라고. 뭐, 그냥 가만히 있어도 되는 거라고.

사람들의 동공을 들여다보는 일은
기쁨을 들여다보는 것과 같아.
눈동자 모양이 전부 다르거든.
동공 속 내 얼굴에 비쳐 있는 것을 보면
온전히 이 사람과 대화하고 있음을
내가 살아 있음을 알게 돼.
사람의 눈을 들여다보는 것은
내가 살아 있는 감각에 집중할 수 있는
사소하지만 아주 중요한 일이기도 해.
눈이 우리 눈꺼풀 위로 내려앉을 때

네가 사라지는 은유는,

이미 사라진 너를 쓰고 부르는 일은

인간으로 태어난 인간에 대한

최소한의 예우일 거야.

우리가 그토록 원하게 되는 것들은

숨은그림찾기가 아니야.

네가 있는 곳, 그 장면들 속에 있는 거야.

우리에게 두 번은 없으니까.

눈동자를 한 번,

길게 깜빡이는 동안

나의 눈동자 속의 빛나는 너는.

턱을 괴고 앉아 할머니를 떠올리면 모든 게 한꺼번에 생각나. 편지를 쓴다, 쌓이지 않는 눈송이 사이로, 할머니가 떠난 뒤에 가지 않는 곳으로, 다 끝이 나버린 풍경들 사이로 나는 빛의 구두를 신고, 딸각딸각 걸어 들어간다. 동네 어귀에 녹이 슨 붉은 우체통, 붙이지 못한 사랑들이 쌓여가고 오래 묵은 편지에선 마른 옥수수 냄새가 나. 그 냄새를 따라가다 보면 할머니가 쪄준 찰옥수수들이 내 머리 위로 우수수 떨어질 것만 같지. 전축으로 함께 들었던 〈Top of the World〉가 들려오고, 녹색 대문을 열면 나의 귀를 간질이던 배롱나무, 고추를 말리는 할머니 뒤로 긴 다리 백구는 여전히 떠나지 않고, 메주를 달아놓은 저편에서 할머니가 키우던 흑염소들이 푸른 풀잎을 뜯으며 우르르 몰려오지. 나의 실루엣들이 사라져 버린 빈 골목을 걸을 때면 그곳을 아무리 빨리 지나쳐도 숨길 수 없는 사랑들로 서글퍼지곤 해, 나는 가지런히 빛의 구두를 벗고 그곳을 빠져나오려는데, 한 시절의 기억은 한 마리 흑염소처럼 나를 붙들어 매어놓네. 매매 울면 오늘 할머니가 다녀갔나. 아, 사랑은 말이 없는 것, 말을 건넬 때마다 눈앞이 먹먹해지는 것.

　머칠 동안 묘묘가 보이지 않았다. 묘묘가 밥그릇을 비웠는지 궁금했다. 길을 지날 때, 개나리들이 노란 우산처럼 비스듬히 빛과 함께 펼쳐졌다. 나는 슬프지 않으려고 행복한 마음들을 강제로 떠올렸다. 묘묘가 내게서 떠날 시간이 왔다는 생각에 덜컥 겁이 났다.

　묘묘를 찾아 뒷산을 헤맸다. 녹이 슨 자전거의 바구니 안도 살펴보고 풀숲 사이사이 양치식물들을 한참 헤치며 다녔다. 몇 시간이 지났을까. 토끼풀이 가득 찬 들판에서 웅크린 묘묘를 찾았다.

"어디 갔다가 지금 왔어?"

묘묘는 이미 알고 있었다는 듯이 나와 짧은 눈 키스를 하더니 뒤돌아섰다. 가을 하늘을 지나는 구름들이 우리를 조금씩 옮기는 것 같았다. 우리는 앞서거니 뒤서거니 하며 어두워진 숲속으로 걸어 들어갔다. 나와 묘묘는 청자색으로 물든 하늘을 올려다보았다. 비에 젖은 묘묘를 따라갔다. 죽어가는 것들이 이 세상에서 어떻게 사라지는지 끝까지 따라가 보고 싶었다. 온몸이 비에 젖은 채 천천히 걷다가 묘묘는 오두막으로 들어갔다. 그리고 박스 안에서 둥글게 몸을 말았다. 나는 반쯤 눈을 뜬 묘묘 옆에 누웠다. 그르렁대는 숨소리가 옅어졌다. 묘묘의 눈동자가 그렁그렁했다. 내 두 눈도 그렁그렁, 흐르는 눈물을 닦지 않았다. 어둠이 묘묘의 몸을 덮을 때까지 나는 숨죽였다. 묘묘는 꿈속으로 가는 것 같았다. 나는 옆에서 잠을 청했다.

신은 왜 고양이와 인간의 시간을 다르게 만들어놨을까. 살아 있는 것이라면 꼭 걸어야 하는 시간을 꿈이라고 불러도 될까. 그럼에도 내가 할 수 있는 것은 내가 할 수 있는 일이 없음을 아는 것. 병들고 늙고 죽고야 마는 인간의

216

긴긴 시간이 미워졌다. 힘없게 살랑이던 묘묘의 꼬리가 움직이지 않았다. 고양이에게도 영혼이 있다면 좋겠다고 생각했다. 새나 바람이 되어 나의 머리 위로 스쳐달라고. 나는 묘묘를 부둥켜안고 울었다. 그대로 있었다. 다음 날이 밝을 때까지. 나는 고양이의 배를, 따라갈 수 없는 느린 고양이의 시간을 쓰다듬었을 뿐. 나의 눈 속은 그렁그렁. 신은 우리를 멍하니 내려다보았겠지.

긴
숨

산다는 건 숨과 같아. 숨이 붙어 있을 때까지 움직이는 거, 움직이면서 네 몸으로 해보는 거. 몸이 있으니까 넌 어디로든 갈 수 있지. 오로지 널 위해서 있는 숨이잖니. 수움, 하고 길게 발음해봐. 숨이 다할 때까지 음, 하고 생각해내는 거야. 일단 살아 있어봐. 깨어 있어봐. 너의 모든 감각을 열고, 길게 숨을 쉬어봐. 긴긴 숨을 쉬는 동안 끝없이 절망하겠지만, 네 옆에 있는 그 사람의 사랑의 숨을 느껴봐. 모든 건 너의 긴 숨 속에서 일어나는 꿈과 공기. 그래, 살아 있는 동안 태어난 이유를 달지 마, 너의 존재는 숨인 거야. 아주 자연스럽게.

슬픈 맹세

한 남자가 눈길에서 쓰러진 천사를 집으로 데려왔다.
그는 나와 얼마나 살 수 있냐고 물었고 천사는 자신이 먼
저 떠나기 전까지 지켜주겠다고 약속했다. 어느새 천사는
등이 굽고, 잘 들리지 않고, 잘 보이지 않는다고 했다. 남
자는 금방 늙어가는 천사의 시간이 대수롭지 않았다. 남
자는 결혼을 했고 더는 천사가 필요 없어졌다. 그는 쓸모
가 없어진 천사에게 날개 끝에서 빛나는 귀를 달라고 했
다. 천사는 그에게 귀를 건네주었고 그는 천사를 산속 눈
밭에 버리고 왔다. 집으로 돌아온 그에게 익숙한 목소리
가 들렸다.

"엄마 걱정은 하지 마."

천사는 떠났고 그는 생각했다. 신은 왜 모든 인간이 천사를 엄마라고 부르도록 만든 걸까. 왜 엄마가 죽어서야 뒤늦게 알게 될까. 그는 모든 인간이 하고 마는 이상하고 슬픈 맹세를 생각했다.

숲의 그림자가 들어 있는 늪지대, 여름 천변을 걷는 너의 그림자, 어둠에 젖은 거미줄, 할머니들의 무덤, 빗소리가 들리지 않는 고요한 숲, 밤마다 멈추는 달, 하늘을 걷는 새들의 발자국, 낮은 먹구름 아래 깔리는 빛의 형상들.

가끔 무성한 나뭇잎들이 빛들을 떨어트리는 소리를 낸다. 집으로 돌아가는 길에 작은 우울들이 나를 삼켜버릴 것 같다. 거대한 상수리나무에 앉아 있던 참새가 커브를 돌며 날아간다. 릴케의 말이 떠올랐다. "가끔은 슬픔으로부터 지극히 행복한 진전을 얻는 우리들, 우리는 과연 죽은 자들 없이 살아갈 수 있을까?"

죽은 자들은 어떤 모습으로 있는 걸까? 죽은 자들의 육신이 바람의 일부나 까마귀의 발톱 같은 것으로 있나? 우울할 때면 죽은 자의 말들에 기댈 수밖에 없다.

대지의 열매들은 평화롭게 썩고 우리는 모두 같은 방향으로 사라질 것이다. 시간의 껍질 속으로 더듬거리는 눈이 먼 우울들이 우리를 제대로 슬퍼할 수 있게 할 것이다.

죽은 자들이 남긴 말들 속에 머무르면서.

우리를 구원하기도 하면서.

"아파서 아무 생각이 들지 않는다.

밤새 잠들지 못했다. 괴롭다. 그만하고 싶다……."

수, 열지 못했던 너의 일기장을 열어봤어. 네가 적어놓은 말줄임표들이 어쩌면 인생의 정답은 아닌지. 우리를 슬픔으로 잠식하게 하는 동공은 누구의 것일까.

아니, 너의 말줄임표는 슬픔으로 가득 찬 것이 아니라는 생각이 들어. 우리는 그저 사라지는 것들 앞에서 말없이 흔들리는 이파리들의 글썽임이야. 우리의 마음은 빛이 만들어놓은 끈으로 이루어져 있고, 우리를 감싸고도는 빛이 손목에 이어져 있으니까. 결국 모두 사라지고 없어지겠지만 누구는 누군가의 남겨진 눈빛으로 온 힘을 다해 일어서게 돼. 우리는 말없이 흔들리는 무엇이니, 허상이 부르는 곳으로 달려가면 너는 없고 눈빛만 남아 아무 말 없이 가물가물…….

유서

목련으로 부푸는 밤,
나의 애인은 푸른 겨울로
나를 흩트려놓았습니다.
내가 당신에게 그러하듯
모든 꽃은 목을 맨 모양

사윈 꽃잎들은 당신의 입술 같아서
지울 길 없어
그것들 모두 주워
사랑이라고 불러보았습니다.

나의 수호령

　나는 어릴 때부터 모든 사물에 수호령이 있다고 믿었
다. 잔병이 많고 종종 두통을 앓아서인지 이명이 들리거
나 환영을 자주 보았다. 열을 앓을 때마다 침대에서 일어
나 솔부엉이가 우는 뒷산 길을 걸어 아무도 살지 않는 폐
가로 들어갔다. 실눈을 뜨면 유리로 만들어진 새들이 날
아올랐다. 손목이 가늘고 목이 긴 천사는 흰 머릿결을 휘
날리며 저 숲으로 가자고 내게 손짓했다. 두개골이 잘려
나갈 것 같은 머리를 감싸 안고 숲길을 걷고 걸었다. 내
가 아는 죽은 얼굴들이 보였다가 사라졌다. 어둡고 좁은
골목을 지나갈 때 따사로이 내 눈을 바라봐 주던 옆집 아

이, 왼쪽 눈이 없는 뒷집 할머니, 허공에 사그라지던 도깨
비불, 거리에 쓰러져 있는 나를 데려와 침대에 눕히던 난
쟁이들. 폐허 속에서 삐걱거리는 침대에 누워 있다가 잠
에서 깨어나면 내 온몸이 물속으로 가라앉는 기분이었다.
나뭇잎들끼리 부딪히는 소리가 들리는 듯했다. 햇살이 튕
기는 물방울의 반짝거림, 사마귀가 알을 낳다가 툭, 하고
떨어지는 소리, 반쯤 깨진 창문 너머에서 붉은빛을 흘리
고 있는 앵두 소리, 그 앵두를 주울 때 밤마다 다녀가는 사
람들을 떠올렸다. 그 공간의 냄새와 시간이 꿈이었는지
현실이었는지 아직도 가물거리지만, 작은 것들에게서 느
꼈던 체온은 잊을 수 없을 것이다.

    내가 마지막으로 천사를 보았을 때, 천사는 내게 아주
작은 말로 속삭였다. 얼음 결정으로 된 열쇠를 내밀면서,
녹을 때까지 꽉 쥐고 있으라면서. 나는 얼음 열쇠를 만지
면서 천사가 준 선물의 의미를 생각했다.

    이제 성인이 되어버린 나는 이명도 없고 환영도 보이지
않는다. 더 이상 호명받지 못한다니 알고 싶지 않은 존재
들로부터 너무 멀리 와버린 것은 아닐까. 순수함을 잃어
버린 것은 아닐까. 나는 가끔, 밤이 되면 꿈속에서 앵두나

무가 서 있던 곳에 가곤 한다. 이제는 다시 찾아오지 않는
천사를 기다리면서, 이미 녹아버린 열쇠를 움켜쥐면서.

당신의 심장 위에

장미꽃을 올려두고

인간이 마음을 꺼내어 볼 수 있다면, 거기에는 무엇이 들어 있을까. 작은 꿈 조각, 어둠의 눈썹 조각 같은 것들이 있을까. 시를 쓰면서 종종 인간의 심장을 열어보는 상상을 한다. 심장을 열어 그 사람이 가진 상처를 날것 그대로 보는 상상. 인간이 가장 나약할 때가 초라한 나의 모습을 만나러 갈 때가 아닐까. 내가 더 악해지지 않기 위해, 인간이 다른 인간의 마음에 포개어놓을 때, 사랑은 그런 것이라고 이해하기 위해.

내 심장이 뛴다는 것을 알지 못하는 이유는 모든 것이 한 사람을 향해 흐르기 때문, 심장 위에 장미꽃을 올려두는 일. 꽃잎에게 마음을 빼앗길 때까지 햇볕을 쬐어도 좋겠지. 가끔, 푸른 가시에 찔릴 걸 알면서 심장 속에 손을 담그는 일.

시간은 인간이 만든 환상일지도 모른다. 그러니까 원래 흐르지 않는 것일지도. 소용돌이치는 작은 우주 속 안에서 늙고 없어지는 것, 아주 작은 점처럼 보잘것없어지는 것, 그럼에도 사람과 사람의 만남은 당신과 나의 행성의 거리를 좁혀가는 것. 슬퍼하는 자의 특권을 생각해본다. 어느 하나 남기지 않고 홀가분하게 떠날 수 있는 마음이 있었으면 좋겠다. 상실은 언제나 서툴고 이 또한 사랑이라는 생각이 괴롭다. 슬픔은 나 자신보다 그대를 사랑했을 때 생기는 특권. 나의 행성으로 그대를 초대하는 것, 서로를 지워보는 것, 맴돌다 사라지는 것. 그런 것.

할머니는 내게 말했다

영혼이 태어날 때,

다시 돌아오지 못하는 사람들이 늘어난다는 거야.

세상에서 영원히 지워진다는 것은

신비롭고 슬픈 일이라고.

이 세상 문이 닫힐 때

또 다른 세상의 잠긴 문이 열린다고.

저 너머의 보이지 않는 울음이 그득히 고여서

나도 모르게

눈물이 나는 거라고.

나가며

사랑은 쓸쓸히 돌아선 뒷모습을 하고 있어서
이미 눈물을 지을 수밖에 없기에
나는 멍하니 하늘을 올려다봅니다.
우리에게 주어진 시간이 모두 끝나기 전에
내가 가진 전부가 무엇인지를 헤아리면서요.

엄마의 일기를 끌어안으며
나는 조금은 알 것 같기도 합니다.
가난의 편을 들어보아도 움켜쥔 사랑을
결국 신에게 보내야 한다는 것을요.

나는 무섭습니다. 만질 수 없는 것들이

긴 겨울로 끝나버릴까 봐,

익숙한 마음이 되어버릴까 봐.

밤마다, 옥상에서 아래를 내려다보는

한 사람에게 날아가

그 사람의 슬픔을 생각합니다.

슬픔이 너만의 것이 아니라고,

너는 아직 숨 쉬고 있다고,

혼자 엎드려 있지 말라고,

너를 사랑하는 사람들이 셀 수 없이 많다고,

모두 너의 잘못이 아니었다고.

고백하건대 글을 적어 내려가면서

제가 사람으로 온 이유를 하나 알았습니다.

인간만이 할 수 있는 것이 약속이라는 것을요.

돌아올 수 없는 것들은 늘

약속 없이 떠난다는 것을요.

건너온 슬픔과 사랑들은 약속이 없다는 것을요.

여전히 숨이 남아 있는 날에는
당신이 살아 있어야 가능한 것들,
옆에 있는 사람에게
지금부터 우리 사랑할 시간이야, 말할 수 있다는 것.
보잘것없고 나약한 인간의 기쁨이지만
이 모든 게 살아 있다는 증거라는 걸.

나는 속삭여봅니다.
사람으로 온 우리가 할 수 있는
최선의 약속이 감히 사랑이었노라고.
그러니 당신은 내 곁에 부디 살아 있어달라고.

우리는 끝없이 버려질 테지만,
그 자리로 돌아와
다시 사랑하고 만다는 걸.

우리는 약속도 없이 사랑을 하고

초판 1쇄 발행 2021년 11월 25일
초판 4쇄 발행 2021년 12월 30일

지은이 정현우
발행인 이재진 **단행본사업본부장** 신동해
책임편집 전해인 **디자인** [★]규 **교정** 우하경
마케팅 이화종 이인국 **홍보** 최새롬
국제업무 김은정 **제작** 정석훈

브랜드 웅진지식하우스
주소 경기도 파주시 회동길 20
문의전화 031-956-7209(편집) 031-956-7089(마케팅)
홈페이지 www.wjbooks.co.kr **페이스북** www.facebook.com/wjbook
포스트 post.naver.com/wj_booking

발행처 (주)웅진씽크빅
출판신고 1980년 3월 29일 제406-2007-000046호

ⓒ 2021 정현우
ISBN 978-89-01-25429-6 03810